Bernadette K.

von Ute Marion Wilkesmann

Band 1 der Reihe „Textcollagen"

Bernadette K.

Das Leben einer Königin

von Ute Marion Wilkesmann

Bibliografische Information der Deutschen Nationalbibliothek:
Die Deutsche Nationalbibliothek verzeichnet diese
Publikation in der Deutschen Nationalbibliografie;
detaillierte bibliografische Daten sind im Internet über
dnb.dnb.de abrufbar.

Herstellung und Verlag:
BoD – Books on Demand, Norderstedt

ISBN: 978-3-7578-2642-0

Inhaltsverzeichnis

Bernadette K.

Bernadette, älteste von drei Kindern, war Tochter von Franz König und seiner Frau Luise, geborene Castagnette, der Tochter eines Papierfabrikanten. Als Franz und Luise heirateten, übernahm er auch die Papierfabrik des Schwiegervaters. Zehn Jahre nach Bernadettes Geburt konnte die Familie die Angestellten nicht mehr bezahlen, weil die Konkurrenz sie überrannt hatte, und wohl auch wegen der Alkoholabhängigkeit des Vaters. Bernadette liebte in der Schule vor allem den katholischen Religionsunterricht, später musste sie eine Weile als Kellnerin in einer billigen Kneipe arbeiten. Sie freundete sich mit Anselm Mackowitsch, dem Ortspfarrer der Nachbargemeinde, an.[1] Dieser war begeistert von ihren Marienerscheinungen, die sie allerdings erfunden hatte.

Vor zwanzig Jahren war Bernadette König eine unbekannte Architektin. Der Liebe wegen zog sie noch vor dem Studium von Gummersbach nach Düsseldorf und lebte fortan mit ihrem Mann Elgar und ihrer Tochter Babette in einer Villa, die von Brombeerbüschen umgeben war. Die harmonischen Zeiten sind mittlerweile aber vorbei. Nun ist sie vor allem bekannt dafür, dass sie alles hasst, allen voran ihr Leben und ihre Umwelt. Nachdem sie sich viele Jahre lang um ihre Familie gekümmert hat, ist sie zu einer exzentrischen Frau geworden, der die Meinung anderer egal ist. Sie macht ihr eigenes Ding. Ein Streit mit dem

Nachbarn um eine Himbeerhecke eskalierte schließlich so sehr, dass Bernadette eine Weile verschwand. Sie begann ein großes Abenteuer, um ihre alte kreative Leidenschaft wieder zu entfachen.[2]

Schon in jungen Jahren ahnte Bernadette, dass sie einst die Protagonistin eines Buches werde. Daher verärgerte es sie immens, dass ihre Eltern die jüngste Tochter Bettina nennen wollten. „Bernadette und Bettina – wie sollen die Leser die beiden Figuren unterscheiden können? Nennt sie doch Jacqueline oder Carla, ich flehe euch an!" Die Eltern zeigten sich uneinsichtig. Schließlich verstummte Bernadette. Sie hatte einen Plan.

Bettina K.

Luise K. hat einen schrecklichen Schicksalsschlag erlitten. Sie hat an einem Tag zwei ihrer drei Kinder verloren: ihre kleine Tochter Bettina, die erstochen wurde. Von ihrer Tochter Bernadette. Als Grund nannte Bernadette eine „namensbedingt abgrundtiefe Abneigung" gegen ihre Schwester. Wie geht die Mutter damit um, wie kann sie mit dem Grauen leben?

Tapfer berichtet Luise, was sich abgespielt hat. Wie sie ahnungslos nach Hause kam. Ihr kleines Mädchen in seinem Bett fand, zugedeckt. Sie wollte nach ihm sehen, wunderte sich, dass es nicht reagierte. „Ich sah überall rote Farbe. Zuerst dachte ich, es sei wirklich nur Farbe gewesen, bis ich dann bemerkte, dass es Blut war."

Sie zeigt die Wand, an der Bernadette ihre fürchterliche Botschaft hinterlassen hat – geschrieben mit dem Blut der kleinen Schwester: „Ich habe das gemacht, weil ich sie hasse, weil sie mir die Hauptrolle in meinem Buch wegnehmen will." Ein Schock für Luise, der nachwirkt, als sei es erst gestern passiert. Sie weine viel, sagt sie. „Ich werde mich in meinem ganzen Leben nicht mehr davon erholen."

Jeden Tag frage sie sich: „Warum?" Eine Antwort hat sie auf diese Frage nicht, vermutlich gibt es auch keine. „Bernadette war das älteste Kind. Mit der Zeit fühlte sie sich von mir vernachlässigt, aber sie hatte all das bekommen, was sie wollte, außer der Namensänderung für ihre jüngste Schwester. Ich weiß bis heute nicht, warum sie das Ganze getan hat", sagt sie leise. „Ich weiß nur, das Bernadette viel geweint hat und sie in der Schule gemobbt wurde."

Eine Erklärung für die Bluttat sieht sie darin nicht. „Ich kann nicht verstehen, dass sie so etwas tun konnte und dass sie so neidisch auf ihre jüngste Schwester Bettina ist. Ich habe ihr niemals Gewalt oder Aggressivität beigebracht." Bettina habe ihre Schwester zwar oft genervt. Aber: „Ich habe ihr immer wieder gesagt, dass sie klein ist und Zeit braucht. Ich wusste nicht, dass sie ihr gegenüber so viel Hass entwickelt hat."

Sie habe zu allen Töchtern eine ganz normale Beziehung gehabt. Mit ganz alltäglichen Problemen, die alle Eltern kennen: „Bernadette war oft stur. Sie wollte nie ihr Zimmer aufräumen, war oft schlecht gelaunt." Dennoch habe es nie größere Probleme gegeben. Bis zu jenem Tag, der ihr Leben für immer veränderte.

Seit dem Tattag hat sie Bernadette nicht mehr gesehen. Sie haben sich nur Briefe geschrieben. In zwei Wochen hat sie einen Besuchstermin in der Anstalt, in der ihre Tochter einsitzt. „Ich warte jetzt auf das Treffen mit meiner Tochter. Ich habe Angst, wie das alles wird. Ich würde ihr gerne zur Seite stehen und sie umarmen." Denn eines hat die Tat nicht töten können: Luises Mutterliebe.[3]

Erster Tag in der JVA

Bernadette beschrieb ihren Eintritt in die JVA in einem Brief an ihre Mutter:

Acht Uhr morgens. Haftantritt in der Justizvollzugsanstalt (JVA) Hückeswagen. Ich stehe vor dem großen grauen Stahltor. Die Tür rechts daneben ist klein, unbedeutend und leicht zu übersehen. Sie öffnet sich, ich trete ein.

Das Frauengefängnis sticht einem nicht sofort ins Auge. Es ist ein wenig versetzt hinter dem Amtsgericht zu finden. Die Haftanstalt in Hückeswagen feierte in diesem Sommer ihr hundertjähriges Bestehen. Sie wurde seit jeher als Gefängnis genutzt. Früher für Hexen, heute für Frauen mit Freiheitsstrafen bis zu sechs Jahren sowie Untersuchungshaft.

Martina Meiers, eine zierliche Frau mit akkurat geschnittenem schwarzen Bob, nimmt mich am Eingang in Empfang. Sie ist seit fünfunddreißig Jahren für die Aufnahme jeder Insassin verantwortlich. Im Untergeschoss drückt sie mir einen sogenannten Zugangskorb in die Hand. Darin befinden sich Bettwäsche, Plastikgeschirr, Handtücher sowie Waschzeug. Danach bekomme ich Gefängnis-Kleidung ausgehändigt. Die Jeans mit Gummizug im Bund sind mir zu kurz, der Pulli ein wenig zu weit. Aber er hält warm. „Schuhgröße?", fragt mich Meiers. Sie sucht Hausschuhe für mich heraus.

Offiziell ist die JVA für 28 Insassen ausgelegt. Aktuell sind 38 Frauen dort untergebracht. Zu viele also. Die Altersspanne liegt zwischen 15 und 63 Jahren. „Obwohl die Frauen einen Anspruch auf Einzelunterbringung haben, müssen wir sie in mindestens Zweierzellen unterbringen", erläutert Elsbeth Löwenkranz, Leiterin der JVA Hückeswagen. Und das dauerhaft. Eine Überbelegung gehört für Löwenkranz und ihr Team zum Tagesgeschäft. Von der Kleiderkammer geht's zur Sanitäterin: Franzi Meierling arbeitet seit dreißig Jahren im Vollzugsdienst, zehn davon in Hückeswagen. Sie stellt mich auf die Waage, misst meinen Blutdruck („hervorragend") und geht mit mir die Fragen des Aufnahmebogens durch. „Fragen nach

Drogen- und Medikamentenkonsum gehören hier dazu", klärt sie mich auf. Ist sie bei einer neuen Insassin nicht sicher, ob diese bezüglich ihres Konsums ehrlich geantwortet hat, ist auch mal eine Urinkontrolle mit Screening fällig.

Viele Frauen, die in das Gefängnis kommen, kämpfen laut der Psychologin Lisa Herbert mit psychischen Problemen. Die Zahl diesbezüglicher Erkrankungen hätte gesellschaftsübergreifend in den vergangenen Jahren zugenommen – das merke man auch im Gefängnis: „Die psychische Verfassung einiger Insassen ist recht schwierig, und die Mitarbeiterinnen im Vollzugsdienst sind für solche Fälle nicht geschult. Das überfordert." Aus den Gesprächen weiß sie, dass die Frauen dramatische Dinge erlebt haben, die sie haben straffällig werden lassen.

Ich glaube nicht, dass Lisa Herbert meine Beweggründe verstehen wird.

Auf dem Weg in die Zelle treffe ich auf Melanie P. Die junge Frau kommt mit geröteten Wangen vom Arbeitseinsatz im Garten. Sie sitzt gerade in Hückeswagen ihre viermonatige Reststrafe ab. „Meine Bewährung wurde widerrufen", sagt die Einunddreißigjährige schuldbewusst. Melanie hat eine bewegte Vergangenheit mit Drogen und einjähriger Haft wegen Diebstahls hinter sich. „Ich habe meine Bewährungsauflagen verletzt." Denn Melanie P. meldete sich weder bei ihrer Bewährungshelferin noch besuchte sie wie vereinbart die Drogenberatung. Na ja, so blöde werde ich nicht sein.

Arbeiten gehört für uns Gefängnis-Insassinnen zum Alltag. „Nur so kommen Sie aus der Zelle", sagt Elsbeth Löwenkranz. „Sie werden hier Auftragsarbeiten großer Firmen erledigen", erläutert sie mir. Aktuell werden Mappen gefaltet und Schnellhefter zusammengebaut. Der werktägliche Arbeitseinsatz geht von 7 bis 12.15 Uhr und von 12.45 bis 14.15 Uhr. Das hatte ich mir straffer vorgestellt.

Alles ist eng. Sanna Zügli, Auszubildende zur Vollzugsbeamtin im ersten Jahr, nimmt mich auf dem Stockwerk in Empfang. Links und rechts des Gangs sind Zellen – eine für vier Häftlinge, zwei in Einzel- und viele in Doppel- und Dreifachbelegung. Die Türen der Zellen sind recht niedrig und schmal. Zügli schließt eine Tür auf – mit jedem Klicken des Schlüssels intensivieren sich meine Gänsehaut und der Unwillen einzutreten. Die Zelle ist klein. Schmal. Durch den verengten Zugang wirkt sie jedoch noch kleiner und enger. Ich trete ein.

Mein Magen zieht sich zusammen, während Zügli die Tür hinter mir schließt. Der Schlüssel dreht sich. Abgeschlossen. Eingeschlossen. Beklemmung macht sich breit. Ich versuche, sie herunterzuschlucken. Setze mich hin. Mit wenigen Schritten – vier in der Länge und zwei in der Breite – vermesse ich mein neues Zuhause. Das beklemmende Gefühl in meinem Bauch breitet sich aus.

Dann höre ich etwas. Ganz leise. Stimmen. Draußen. Worüber sie reden? Ich weiß es nicht. Aber ich merke, wie die Anspannung ein wenig nachlässt.

Nur kurz. Dann hat sie mich wieder eingefangen. Jetzt komme ich mir noch einsamer vor. Die Zeit dehnt sich wie in Zeitlupe. Wie lange ich schon in der Zelle drin bin? Das ist schwer einzuschätzen.

Irgendwann drücke ich den roten Knopf. Es dauert. Nach einer Weile fragt mich eine gesichtslose Stimme: „Ja bitte?" Ich möchte rausgelassen werden. Die Stimme antwortet mit einem Lachen. „Das geht nicht so einfach." Später geht die Tür auf, meine Zellennachbarin tritt ein. „Ich bin Elke", sagt sie und danach spricht sie kaum noch ein Wort.[4]

Produktion

Briefblockmappe rot – Lehrstück

Dezent und stilsicher: Die Briefblockmappe aus hochwertigem Wollfilz bietet Platz für Blöcke, Unterlagen und Notizen im DIN-A4-Format. Die Mappe besteht aus 100 % mittelfeiner Schafswolle. Das im Schaffell enthaltene Lanolin wird bei der Verarbeitung erhalten, was dem Wollfilz pflegeleichte, selbstreinigende und schmutzabweisende Eigenschaften verleiht.

Pflegehinweis: Wollfilz ist von Natur aus wasserabweisend und verhindert, dass sich Flüssigkeiten dauerhaft festsetzen. Leichte Verschmutzungen können mit Seifenlauge leicht entfernt werden. Die Briefblockmappe keinesfalls in der Maschine waschen, sondern bei Bedarf chemisch reinigen lassen.

Hinweis: Die Gefangenen wurden eingelernt, um diese Briefblockmappen nähen zu können. So kann man die erste Produktion der Mappen als sogenannte Lehrstücke bezeichnen und wegen minimaler Normabweichungen zu einem niedrigeren Preis erwerben.[5]

Fortgeschrittene Gefangene der JVA Hückeswagen produzieren aus den ausgedienten Bannern und Flaggen vom Tag der Deutschen Einheit: Schultertaschen, Stiftemäppchen und Schreibtischunterlagen. Die nordwestfälische Justizministerin Beatrice Kubenko-Liewertiz stellte die Kollektion *Vereint in Vielfalt aus Hückeswagen* heute vor.

„Die Staatskanzlei wollte die Planen vom Tag der Deutschen Einheit nicht einfach wegwerfen und kam auf die Idee, sie der Schneiderei der JVA für Frauen zur Verfügung zu stellen. Die inhaftierten Frauen haben daraus mit Hilfe der hier tätigen Schneiderinnen und dem Design von Bernadette K. eine großartige Kollektion entwickelt. Schick, praktisch und nachhaltig. Ich bin restlos begeistert", so die Justizministerin.

„Bei der Entwicklung haben wir von Anfang an Wert darauf gelegt, die Frauen in der Schneiderei mit ihren kreativen und handwerklichen Fähigkeiten einzubeziehen. Es wurde viel ausprobiert, zugeschnitten, genäht, verworfen und weiterentwickelt – bis wir schließlich zufrieden waren. Das Projekt hat uns allen, den Inhaftierten und den Bediensteten, riesig Spaß gemacht", erzählt Peter Hugendubel, stellvertretender Anstaltsleiter.[6]

Bernadette legt die Zeitung zur Seite. „Unglaublich, wie die lügen." Elke nickt: „Wo ich da Spaß gehabt hätte, wüsste ich gern. Aber nun zurück zu unserem Plan."

Gefängnisaufstand in Hückeswagen

In Hückeswagen im Bergischen Land sind bei einem Gefängnisaufstand mindestens fünfzehn Menschen getötet worden. Das Frauengefängnis ist nicht zum ersten Mal Schauplatz von Gewalt.

Bei dem Gefängnisaufstand sind neben den mindestens fünfzehn getöteten Häftlingen einundzwanzig weitere Frauen verletzt worden. Die Gewalt brach nach Behördenangaben am Montag aus. Das Gefängnis ist mit rund achtunddreißig Insassinnen eine der kleinsten Strafanstalten von Nordrhein-Westfalen und war seit Anfang 2021 mit sieben Massakern immer wieder Schauplatz von Gewalt.

Laut der Gefängnisbehörde würden taktische Einheiten der Polizei und Armee ihren Einsatz fortsetzen, um die Kontrolle über die Strafanstalt wiederzuerlangen. Zuvor hatte die Behörde mitgeteilt, Rettungskräfte hätten fünf verletzte Frauen versorgt und eine weitere in ein Krankenhaus gebracht. Angaben zu den Verletzungen machte die Behörde nicht.

In dem chronisch überfüllten Frauengefängnis kommt es immer wieder zu blutigen Auseinandersetzungen. Seit Anfang 2021 wurden bei solchen Kämpfen fast vierzig Häftlinge getötet.[7]

Im Zuge des letzten Aufstands konnten zwei Frauen fliehen: Bernadette K. und Elke M., die wegen brutaler Morde verurteilt wurde, haben auf bislang ungeklärte Weise während eines Aufstands ihre Zellen verlassen, zwei Wärterinnen überwältigt, sich an Bettlaken abgeseilt und verschwanden spurlos.[8]

Untertauchen

Passanten in Leverkusen stehen an der Stelle am Wiesdorfer Platz, wo ein junger Mann so schwer verprügelt und getreten wurde, dass er einen Tag später seinen Verletzungen erlag. Zahlreiche Blumen und Kerzen erinnern an die Tat.

Was war geschehen? Ein zwanzig Jahre alter Mann wird von einem Mob verprügelt, wenig später stirbt er an seinen schweren Verletzungen. Knapp vierzehn Tage ist es jetzt bald her, dass Frederick S. in Leverkusen zu Tode kam.

Fünf Verdächtige hat die Polizei in dem Fall, der die Leverkusener bewegt hat wie zuletzt kaum ein anderer, nun schon gefasst. Einer jedoch fehlt: die Haupttäterin, eine Frau Mitte zwanzig.

Sie hat einem Medienbericht zufolge erst wenige Wochen vor der Tat ein Anti-Gewalt-Seminar absolviert. Das berichtete der Hückeswagener Lokalsender am Freitag unter Berufung auf Gerichtskreise. Ein Sprecher bestätigte, dass eine gesuchte Tatverdächtige bereits einschlägig vorbestraft sei.

Die deutschen Behörden gehen davon aus, dass sich die junge Frau, die von ihren Kumpanen beinah übereinstimmend als ‚Anstifterin‘ beschuldigt wurde, in den Iran abgesetzt haben könnte.

Fragen stellen sich: Könnte sich die mutmaßliche Täterin so der Strafe entziehen? Kann sie im Iran ‚untertauchen‘? Würde die dortige Polizei gegen sie vorgehen, würde man sie ausliefern oder dort anklagen?

Am einfachsten zu beantworten ist die Frage danach, ob man in den Iran ‚abtauchen‘ kann. Die Antwort ist: nein. Datenschutz, wie man ihn in Deutschland kennt, existiert im Iran nicht. Die Bürger werden genauer überwacht als in vielen anderen Ländern der Welt.

Jeder, der an einem Grenzübergang einreist – was wohl der Fall sein müsste, wenn die Tatverdächtige, wie es in Medien heißt, „in einem Mercedes der S-Klasse" unterwegs war – wird automatisch fotografiert. Im Land selbst, besonders in Großstädten wie Teheran, sind fast überall Sicherheitskameras installiert.

Es herrscht Meldepflicht, beim sogenannten Muchtar, einer Art Dorf- oder Nachbarschaftsverwalter, der typischerweise jede Familie in seinem Sprengel persönlich kennt.

Darüber hinaus ist die Bereitschaft der Bürger groß, verdächtige, plötzlich hinzugezogene Fremde der Polizei zu melden. Diese wiederum geht solchen Hinweisen in der Regel gründlich nach. In der Nachbarschaft spräche es sich schnell herum, wenn die Tatverdächtige beispielsweise bei Freunden Zuflucht suchen sollte – ein Klassiker – und die Nachbarschaft vermutlich auch wüsste, dass die neue Nachbarin in Deutschland Dreck am Stecken hat.

Kurz und gut: Es ist sehr schwer, sich im Iran zu verstecken. Aufgrund des politischen Wirbels um den aufsehenerregenden Fall haben sie wohl auch ein Interesse daran.

Das heißt noch nicht, dass der Iran sie auch ausliefern würde. Die Frau besitzt offenbar die deutsche Staatsbürgerschaft.

Über alledem dürfte auf jeden Fall Zeit vergehen. Angesichts der Brisanz des Falles kann es sein, dass die iranischen Behörden bemüht sein werden, die Täterin zu fassen.

Eine im Hückeswagener Volksblatt zitierte Aussage der deutschen Ermittler, wonach es nur eine Frage der Zeit sei, bis die Täterin im Iran ausfindig gemacht werde, deutet darauf hin, dass die deutsche Polizei zuversichtlich ist, dass ihre iranischen Kollegen die Frau finden.

Totschlag, oder auch Mord, so wie es sich viele Leverkusener als Vorwurf für die noch zu erstellende Anklageschrift im Fall Frederick S. wünschen würden, ist wohl überall eine schwerwiegende Straftat.

Umso unverständlicher erscheint es denn auch, dass zwei der Leverkusener Tatverdächtigen, die sich selbst gestellt hatten, von der Justiz wieder freigelassen wurden. Ein Richter habe in beiden Fällen keine Untersuchungshaft angeordnet, sagte ein Sprecher der Leverkusener Staatsanwaltschaft.[9]

Bernadette und Elke lächeln sich an. „Iran – das wüsste ich", Bernadette lacht herzlich. Ihre Freundin stimmt in das Lachen ein.

Anti-Gewalt-Seminar

In der JVA Hückeswagen. Bernadette hat für sich und Elke Tee gekocht. „Lies mal den Flyer hier. Ob wir daran teilnehmen sollten?" Elke nimmt den Flyer und liest.

Finden Sie sich in folgender Beschreibung wieder?

Sie haben einen sehr vollen Tag ... und Sie haben das Gefühl, dass Sie nicht mehr hinterherkommen neben Beruf, Partnerschaft, ggf. Kindern und tausend anderen Sachen, die in Ihrem Leben ablaufen.

Sie haben immer wieder heftige Konflikte mit den Menschen um Sie herum. Dadurch leiden wichtige Beziehungen in Ihrem Leben.

Rational wissen Sie genau, dass Sie sich anders verhalten sollten. Aber obwohl Sie es sich immer wieder fest vornehmen, schaffen Sie es im entscheidenden Moment einfach nicht, ruhig zu bleiben.

Nach und nach werden Sie zu jemandem, der Sie nie sein wollten. Die Menschen um Sie herum gehen mittlerweile wie auf Eierschalen, sind eiskalt zu Ihnen oder überschütten Sie mit Vorwürfen.

Wenn Sie dies lesen, dann hatten Sie wahrscheinlich einen heftigen Wutanfall. Sie haben die Kontrolle verloren, rumgeschrien und sind dabei deutlich zu weit gegangen.

Und jetzt tut es Ihnen unendlich leid ... und Sie wünschten, Sie könnten die Zeit zurückdrehen. Aber leider ist das nicht möglich.

Dabei geht es ausgerechnet um jemanden, der für Sie sehr wichtig ist, den Sie auf keinen Fall verletzen möchten. So behandelt zu werden ... das hat dieser Mensch einfach nicht verdient.

Nach jedem Ihrer Wutanfälle geht ein kleiner Teil des Vertrauens verloren, das Sie über Monate und Jahre hinweg aufgebaut haben.

Dieser Mensch sieht Sie auf einmal mit ganz anderen Augen. In seinen Blicken spiegeln sich zunehmend Zweifel und Angst. Und nach einer Weile schlägt das um ... in Verachtung und Kälte.

Rezensionen:

SUSI W.:

Meine Beziehung stand vor dem Aus, aber ich konnte mich & meine Wut um 180° wenden. Vor einer Woche habe ich einen Antrag bekommen. Wir werden heiraten! Warum ich das erzähle? Weil ich weiß Katinka, wie sehr du dich für deine Klienten freust und wie viel Liebe darein gesteckt wird!

Marie P: 5 STERNE BERICHT AUF FROST-PILOT

Eines Abends sah ich mich im Spiegel an und merkte, dass ich wie mein Vater werde und ständig wütend bin auf meinen Mann, meine Kinder. Seitdem ich den Kurs beendet habe, habe ich keinen Wutanfall mehr bekommen. Vielen Dank an die Coaches!!!

G.M.: 5 STERNE BERICHT AUF FROSTPILOT

Vielleicht liegt der Erfolg dieses Konzepts darin, dass nicht in ewig vielen Sitzungen therapiert wird, sondern ganz konkrete Dinge geändert werden. Kassen bezahlen nichts, aber es lohnt sich. Mehr Lebensqualität & ich kann meinem Sohn ein besseres Vorbild sein.

PIERRE F.: 5 STERNE BERICHT AUF FROST-PILOT

Ich habe mein Wut-Seminar mit großem Erfolg abgeschlossen. Das „Wut Coaching" hat in mir einen Wandel ausgelöst. Es enthält wichtige Informationen und Werkzeuge, die wirklich helfen. Das Leben meiner Familie wurde liebevollerer & friedlicher! [10]

Elke nickt begeistert. „Das klingt nach Fun, und schau mal da unten, da steht, dass das in unserer Arbeitszeit abgehalten wird." Bernadette schaut verträumt auf die zweite Seite: „Schau mal dieser Coach, der Typ gefällt mir."

Elgar

Bernadette schaut auf ihr Handy, wer ruft sie an? Dann lächelt sie, die Nummer kennt sie. „Hallo Elke, lange nichts mehr von dir gehört. Wo steckst du?" – „Ach, Bernadette, ich bin immer noch in Holland. Tolle Gegend hier. Ich habe gestern zufällig das Hückeswagener Volksblatt von letztem Donnerstag an einem Kiosk gefunden. Du hast es geschafft, du stehst schon wieder in den Schlagzeilen." – „Ach, echt? Habe den Artikel gar nicht gesehen." – „Doch, warte mal, ich lese ihn dir vor."

Ein ungewöhnlicher Fall vor dem Düsseldorfer Amts-gericht: Eine Frau muss sich wegen des Vorwurfs der Vergewaltigung verantworten.

Es ist ein ungewöhnlicher Fall, der derzeit vor dem Düsseldorfer Amtsgericht verhandelt wird. Die Beschuldigte Bernadette K. aus Düsseldorf soll ihren Mann mehrfach vergewaltigt haben. Diese Konstellation erlebt auch Pressesprecher Wieland Kiesel-

strom zum ersten Mal. „Ich erinnere mich an einen Fall, in dem eine Frau eine andere Frau missbraucht hat. Dass aber ein Mann der Geschädigte ist, ist so auch für mich neu."

Der 51-jährigen Angeklagten wird vorgeworfen, an ihrem zehn Jahre älteren Gatten gegen seinen Willen mehrmals Oralverkehr durchgeführt zu haben. Auch soll sie ihn mit der Hand stimuliert haben, obwohl er sich dagegen gewehrt habe. Der Mann sei laut Informationen der Pictoria-Zeitung durch eine Krankheit geschwächt.

Wie Amtsgerichtssprecher Kieselstrom weiter erklärt, sei die Angeklagte zum ersten Verhandlungstag am Donnerstag zunächst nicht erschienen. Sie musste von der Polizei in den Gerichtssaal geführt werden.

Im Sommer soll Bernadette K. ihren Mann laut Anklageschrift zum ersten Mal vergewaltigt haben. Sie soll sich damals mit ihrem Gatten, mit dem sie eine gemeinsame Tochter hat, getroffen haben, um über das Umgangsrecht für die Tochter zu sprechen, da sie in Scheidung leben. Im Laufe der Unterredung habe sie ihn dann gewaltsam auf ein Sofa gedrängt und den Mann auf ihm sitzend mit den Knien fixiert.

Anschließend sei es zu dem Missbrauch gekommen, wie die Pictoria berichtet. Dabei soll der Geschädigte seine Frau mehrfach gebeten haben, die sexuellen Handlungen zu unterlassen. Schließlich sei ihm die Flucht gelungen.

Beim nächsten Mal gelang dem Mann die Flucht jedoch nicht. Als sich der 61-Jährige und die Frau in der Nähe des Rheins trafen, soll sich die Angeklagte erneut auf ihn gesetzt und missbräuchliche Handlungen an dem Mann durchgeführt haben.

Im dritten Einzelfall ist Bernadette K. laut Anklage noch rabiater vorgegangen. So soll sie bei einem dritten Vorfall sogar über den Gartenzaun geklettert und in die Wohnung des Geschädigten eingedrungen sein. Dort habe sie dem 61-Jährigen schließlich die Hose heruntergezogen, um sich erneut an ihrem Mann zu vergehen. Diesmal habe die 14-jährige Tochter der beiden die Tat aber mitbekommen und die Angeklagte so zur Flucht bewogen.

Als die Angeklagte schließlich von Polizeibeamten in den Gerichtssaal geführt wurde, habe sie sich laut Pictoria aggressiv verhalten. Kieselstrom bestätigte dies auf Anfrage. Durch Äußerungen und Handlungen der Angeklagten hätten sich schließlich sogar „Zweifel an der Schuldfähigkeit" der 51-jährigen Ehefrau ergeben. Deswegen soll nun zunächst ein psychiatrisches Gutachten darüber entscheiden, ob Bernadette K. zurechnungsfähig sei.[11]

„Und was meinst du, Elke?" – „Irre Geschichte, sieh zu, dass du zurechnungsunfähig bist. Das habe ich auch mal gemacht. Aus der Klapse kommt man schnell wieder raus."

Unzurechnungsfähig

Die Mörderin von zehn, soweit bekannt, Menschen lächelte spöttisch und schüttelte den Kopf, als Ankläger Siegfried Mayer am Donnerstag in seinem Plädoyer wie erwartet die Zwangseinweisung forderte. Bernadette König hatte nach diversen anderen Verbrechen vor sieben Wochen in Darmstadt sechs Menschen mit einer Autobombe getötet. Danach erstach sie vier Teilnehmer eines kirchlichen Lesekreises im evangelischen Gemeindeamt der Stadt.

Mayer und seine Kollegin Cordula Melissa Waite begründeten ihre Einstufung Bernadettes als nicht schuldfähig mit „weiter bestehenden Zweifeln" an ihrem psychischen Zustand während der Anschläge. Sie hatten sich zum Auftakt des Verfahrens hinter ein erstes rechtspsychiatrisches Gutachten gestellt, in dem Bernadette als nicht schuldfähig wegen paranoider Schizophrenie und Psychose eingestuft wurde.

Zum Streit darüber, wie eine Mörderin, die spontan vorgeht, als unzurechnungsfähig erklärt werden kann, sagte Waite: „Wie zurechnungsfähig jemand sein muss, das ist eine Frage, die der Gesetzgeber genauer spezifizieren sollte, wenn er Unklarheiten vermeiden will. Nach den geltenden Regeln können wir Bernadette nicht als zurechnungsfähig einstufen."

„Nach unserer Überzeugung ist es schlimmer, einen psychotischen Menschen irrtümlich in Haft zu nehmen als einen nicht psychotischen in eine Zwangspsychiatrie", sagte Mayer. Waite erklärte bei einer Pressekonferenz nach dem Plädoyer: „Wir hätten uns eine sichere Einstufung bei einem Verfahren wie diesem gewünscht. Aber es gibt sie leider nicht."

Die Staatsanwältin hatte vorher detailliert ausgeführt, dass Bernadettes behauptete Zugehörigkeit zu einem ‚Orden der Heiligen Bernadette' als religiösem Netzwerk frei erfunden sei. In Wirklichkeit sei sie von „Gewalt- und Mordfantasien" angetrieben gewesen. Bernadettes Erklärungen zu ihrem angeblichen religiösen Hintergrund hätten das „für sie tragische Bild einer Frau ergeben, die sich als Teil eines nicht existierenden Netzwerkes sieht". Sie hätten „jeder Logik entbehrt".

Bernadette folgte dem Plädoyer weitgehend unbewegt, lächelte aber häufig spöttisch oder schüttelte den Kopf. Ihr Anwalt Henry Duppelheim erklärte im Fernsehen, seine Mandantin sei über die Haltung der Ankläger nicht überrascht gewesen. Bernadette will bei ihrer Einweisung in eine geschlossene Rechtspsychiatrie Berufung einlegen. Sie hatte sich gegen die Einstufung, sie sei psychotisch, empört gewehrt: Sie fühle sich „gekränkt". Ihr paranoide Schizophrenie zu bescheinigen und sie für unzurechnungsfähig zu erklären, diene nur dazu, sie lächerlich zu machen, sagte sie immer wieder.

Das Plädoyer der Staatsanwaltschaft zu Bernadettes psychischem Zustand wird als Vorentscheidung angesehen, Experten erwarten, dass sich das Gericht der Auffassung anschließt.

Nach dem Plädoyer der Verteidiger und einem Schlusswort von direkt betroffenen Überlebenden sowie Opfer-Angehörigen erhält Bernadette am Freitag die Gelegenheit zu einem Schlusswort. Sie hat dafür eine Stunde Redezeit verlangt.

Das Urteil soll im Juli oder August verkündet werden.[12]

Schlusswort

Ein hessischer Internet-User hat das von der Düsseldorfer Mörderin Bernadette König vor einem Monat in ihrem Prozess gehaltene Schlusswort per YouTube ins Netz gestellt und damit Proteste ausgelöst.

Die Anwälte der Mitarbeiter von Königs Opfern verlangten, dass die Aufnahme gelöscht werden müsse. Sie beriefen sich auf die Entscheidung der hessischen Justiz, wonach die audiovisuelle Wiedergabe von Königs Äußerungen untersagt ist.

Der Düsseldorfer User gibt an, die Sprachaufnahme mit dem Schlusswort von einem Mitglied einer katholischen Sekte erhalten zu haben, der König früher angehörte. Die Anwältin sagte, sie habe das Gericht in Düsseldorf angerufen, um zu klären, ob eine strafbare Handlung vorliege. Ein Gerichtssprecher nannte das Posten des Beitrags auf YouTube illegal und kündigte eine Prüfung verschiedener Optionen an.

In ihrer 45-minütigen Einlassung am letzten Tag ihres Prozesses in Darmstadt hatte König gefordert, freigesprochen zu werden, da ihre Taten „dem Schutz der Kirche" gedient hätten. Die Richterin kündigte das Urteil für August an.

König plädierte auf nicht schuldig, obwohl sie die Anschläge in Darmstadt gestand. Sie gab an, die zehn Menschen aus „Notwehr" getötet zu haben.

In ihrem Schlusswort zeigte König nicht nur keine Reue über die von ihr begangenen zehn Morde, sondern entschuldigte sich sogar noch bei ihren katholisch-sektiererischen Gesinnungsgenossen dafür, im vergangenen Jahr bei ihren Anschlägen in Darmstadt nicht genügend Menschen umgebracht zu haben.

„Da ich die Autorität des Gerichts nicht anerkenne, kann ich das Darmstädter Bezirksgericht nicht legitimieren, indem ich das Urteil akzeptiere", sagte König und fügte hinzu: „Zugleich kann ich keine Berufung gegen das Urteil einlegen, weil ich mit der Anfechtung das Gericht legitimieren würde." Und weiter: „Ich möchte mich bei allen katholischen Separatisten dafür entschuldigen, dass ich nicht fähig war, mehr zu exekutieren." Nach diesen Worten hatte die Vorsitzende Richterin genug und schnitt ihr das Wort ab.[13]

Architekturstudium

Häftlinge müssen im Gefängnis in der Werkstatt oder im gefängniseigenen Betrieb arbeiten, um sich wieder an einen geregelten Tagesablauf zu gewöhnen. Aber muss es gleich ein Studium sein? Für das die Häftlinge sogar noch Geld bekommen? Denn die arbeitenden Kollegen werden schließlich auch entlohnt. Der Dozent, der die Häftlinge betreut, seufzt. Er nimmt den Bildungsauftrag des Gesetzgebers ernst, auch wenn sich nicht alle Häftlinge an die Regel halten. „Für einige Insassen ist es mehr Bestrafung, sie in einer Bildungsmaßnahme zu belassen, als sie rauszuschmeißen."

Für Bernadette war es weder Belohnung noch Bestrafung, es war reines Kalkül, weshalb sie ein Studium im Gefängnis aufnahm. Sie saß zunächst wieder in der JVA Hückeswagen ein, in einer Zweimannzelle. Bernadette wollte eine Zelle für sich allein. „Ich bin mehr die Einzelkämpferin." Darauf hätte sie eine Weile warten müssen. Wenn sie aber ein Studium anfange, so erzählte ihr eine Mitgefangene, bekomme sie gleich eine Einzelzelle. Bernadette ließ sich in die JVA Marienheide verlegen, ein moderner Knast in einem Gewerbegebiet mit knapp 600 Gefangenen, Männern und Frauen, die bis zu sechseinhalb Jahre einsitzen müssen. Jeder nordwestfälische Häftling, der studieren möchte, kommt nach Marienheide, denn es ist die einzige JVA in dem Bundesland, die dieses

Angebot hat. Viele Anstalten scheuen wohl den Aufwand.[14]

Bei der Wahl des Studiums hatte sie es sich nicht leicht gemacht. Es lockte hauptsächlich das Künstlerische. Aber nicht so etwas Abgehobenes, womit man nichts verdienen kann. Sie erstellte eine Zusammenfassung:

Diese Vorteile haben Architekten:

- Möglichkeit, sich kreativ und künstlerisch (bis zu einem gewissen Grad) auszuleben.
- Hohes Ansehen in der Gesellschaft.
- Langlebiges Ergebnis (Gebäude) der eigenen Arbeit.

Diese Nachteile haben Architekten:

- Wirtschaftliche und finanzielle Unsicherheit bei schlechter Auftragslage.
- Einschränkung der eigenen Vorstellung durch spezielle Kundenwünsche.
- Sehr große Verantwortung mit möglicherweise fatalen Folgen (bei statischen Problemen des Gebäudes).[15]

Die Nachteile schob sie beiseite: Sie war begabt, da gäbe es keine Unsicherheit. Und sie wusste sich ja immer zu helfen. Außerdem plante sie eine Heirat mit einem gut situierten Mann. Daher war sie auch frei, Kunden, die andere Vorstellungen hatten als sie, einfach nach Hause zu schicken. Und ob sie jetzt wegen eines Mordes oder eines eingestürzten Gebäudes mal wieder in den Knast ging – na, da gab es auch immer einen Weg wieder raus.

Auf jeden Fall wollte sie dann nach der Haft mit ihrem abgeschlossenen Studium in die gewerbliche Wirtschaft, wo man als Architekt mit 75.000 Euro brutto im Mittel rechnen kann.[16]

Reiche Männer

Ein reicher Mann war ihr wichtig. Aber wie einen treffen? Bisher hatte Bernadette sich darum nicht sonderlich gekümmert. Nun stellte sie in einem Internetforum die Frage: Wie finde und binde ich einen reichen Mann (ernstgemeint!). Eine vernünftige Antwort erhielt sie nach fünf Wochen, der Rest war Blödsinn.

Hallo Bernadette, ich glaube, dass sehr viele Frauen gerne einen Millionär hätten. Nur sind die meisten, auf die das zutrifft, so schlau, es nicht offen zuzugeben (er soll ja auch evtl. denken: „Die wahre Liebe!"). Also hier meine Tipps, auch wenn ich dein Vorhaben unromantisch wie die Hölle finde.

Diskotheken, etc., NEIN! Hier sind nur Neureiche und Möchtegerns und nur ein paar Seriöse dabei. Oft sind auch Drogen mit Spiel, also Finger weg, du willst doch keinen Patrick Bateman! (Googeln)[*]

---

[*] Patrick Bateman ist ein faszinierend-verabscheuungswürdiger Wall-Street-Banker und nebenbei ein sadistischer und frauenfeindlicher Serienkiller [https://www.musikexpress.de /american-psycho-wird-20-der-popkultur-yuppie-unter-den-psychopathen-1590943/]

Du suchst dir einen Job, bei dem du mehr mit vermögenden Menschen zu tun hast, das kann sogar die Stewardess sein!

Du verkehrst in Kreisen, in denen eher wohlhabende Männer zu treffen sind. (Aus welcher Gegend bist du? Dann kann ich dir Tipps geben.)

Singlebörsen für Millionäre (google mal richtig! – war auch in der Presse).

Fußballstars – meistens kann man beim Training öffentlich zuschauen!

Es gibt keine „Anlaufstelle" für Millionäre, aber es gibt vip-clubs, internationale Clubs, teure Hotels, teure Autos, Studentenverbindungen und den Wohnort von Leuten. Ganz oft reicht es vielleicht, wenn du nach dem Wohnort fragst!

Dass hier bei VKK.net keine Millionäre sein sollen, ist Blödsinn! Unter den Millionären sind genug Männer, die nicht arbeiten müssen und deshalb oft online sind! (Sie besitzen ein Haus, oder mehrere Mietobjekte und müssen nicht arbeiten)[*]

Geld macht aber häufig nicht glücklich und eher einsam! Die oft erwähnten „mehr Möglichkeiten im Leben" sind oft nur eine Fata Morgana, ein Schleier des Geldes.[17]

Am interessantesten fand Bernadette den Verweis auf die Singlebörsen für Millionäre. Umwege über Arbeit

---

[*] Achtung! Der am Ende des nächsten Abschnitts gegebene Link in den Endnoten war ein paar Tage später als ,unsicher' gekennzeichnet.

etc. sind doch viel zu mühsam. Es gibt sogar mehrere, stellte sie fest. Sie entschied sich nach sorgfältigem Studium für das Portal Millionärfind, das dazu dient, reiche Singles einerseits und Menschen mit dem Wunsch nach einem Millionär an ihrer Seite andererseits bei der Suche nach einem Traumpartner zu unterstützen. Das Portal legt großen Wert auf Seriosität und versucht, diese durch umfangreiche Verifizierungsmaßnahmen zu gewährleisten. Daher ist dieses Online-Dating-Portal eine interessante Möglichkeit für Millionäre, die wenig Zeit für die Partnersuche haben, und Singles, die schon immer von einem vermögenden Partner geträumt haben.[18]

Bernadette machte sich schlau: Ein Millionär, der eine Frau sucht, sucht nicht irgendeine Frau. Nein, es muss eine ganz besondere Dame sein. An erster Stelle muss sie blutjung sein. Je jünger, desto besser! Millionär sucht Frau, die ihn mit ihrer Jugendlichkeit und mit ihrer unverbrauchten Aura umhaut! Da musste Bernadette passen, blutjung war sie jetzt nicht mehr. Aber sie tröstete sich. Sie war sich dessen bewusst, dass sie eine attraktive Erscheinung war. Der Millionär sagt, wo es langgeht? Kein Problem, kommentierte Bernadette das für sich, soll er das mal glauben. Sie lachte, denn als Anforderung stand da noch, sie sollte gutmütig sein und sich stets gut kleiden. Wenn sie nicht gutmütig war, wer dann? Sie sollte jederzeit bereit sein, den reichen Daddy auf diverse Veranstaltungen zu begleiten und stets ein Lächeln auf den Lippen haben. Sie sollte sich keinesfalls zu sehr in den Vordergrund spielen, dies ist eine Eigenschaft, die dem reichen Mann nicht allzu sehr gefällt. Sie ist das Schmuckstück an seiner Seite und sollte ihre Grenzen kennen.[19]

Bernadette und der reiche Mann

Sie schrieb an Elke, ihre Freundin, die ihr in den Jahren ans Herz gewachsen war, von ihrem ersten Date:

Es dauerte Wochen mit langen Pausen und nur ganz kurzen Nachrichten, aber endlich fanden wir einen Termin. Er hatte ein superkurzes Profil, schlechtes Foto (kauend, mit Brötchen in der Hand), folglich hatte ich keine großen Erwartungen an ihn. Es war mein einziges erstes Treffen nicht im Café, sondern bei einem Italiener. Er stand schon da, als ich kam – und zum ersten und einzigen Mal in meinem Leben: Liebe auf den ersten Blick. Er sah reicher aus als auf dem Foto und sagte genau den Spruch zu mir: „Vor zwei Jahren waren meine Bilder noch nicht so gut". Als wir die Speisekarte erhielten, merkten wir, dass wir vor lauter Flirten beim Griechen statt Italiener gelandet waren. Beide waren wir hin und weg voneinander.

Nach dem Essen fragte er, ob wir noch bummeln wollten. Ein lange Nachtwanderung im Hafen am Fluss – romantischer geht es nicht! Es war Winter, und ich habe gefroren. Weil ich hübsch sein wollte, hatte ich Mütze, Schal und Handschuhe im Auto gelassen, unbequeme aber schöne Schuhe angezogen, die dünne Jacke ohne Kapuze und ohne Taschen sah besser aus als die dicke, statt des praktischen Rucksacks hatte ich eine Umhänge-Handtasche genommen, die mir dauernd von der Schulter rutschte. Es war verhext, aber schön. Er nahm meine kalte Hand, steckte sie zusammen mit seiner Hand in seine große Jackentasche. Kribbeln im Bauch.

Tja, und wieder zurück auf dem Parkplatz, breitete er einfach seine Arme aus. Er drängelte nicht, sondern überließ es ganz einfach mir, ob ich eine dicke Umarmung zum Abschied wollte. Wollte ich.[20]

Bernadette checkte am Abend, ob ihr neuer Bekannter wohl reich genug sei. Reiche Männer tragen oft edle und teure Armbanduhren, das traf für Elgar zu. Die Marke war ihr unbekannt, aber seine Uhr war sicher kein Billigmodell. Elke hatte ihr den Tipp gegeben, sich die Schuhe anzusehen. Die seien ein guter Hinweis. Elgars Schuhe waren zeitlos, mittelbraun und weder elegant noch burschikos, eher schmal geschnitten. Als er vor ihr herging, sah sie die Ledersohlen. Ein guter Hinweis! Auch seine sonstige Kleidung fiel ihrer Meinung nach eher in die gehobene Klasse: sehr guter Schnitt, wenn nicht sogar maßgeschneidert, kein protziger Markenname. Jeans, die perfekt saßen. Das Jackett mit einem seidigen Stoff gefüttert.

Er bezahlte das Essen. Leider konnte sie nicht genau sehen, wie hoch das Trinkgeld war. Offensichtlich weder peinlich noch zu knapp, denn der Ober bedankte sich freundlich.

Heirat

Bernadette hatte sich die untrüglichen Anzeichen für ernsthafte Heiratsabsichten eingeprägt.

Nummer 1: *Er fragt dich nach deiner Ringgröße. Und er zeigt dir Bilder von Ringen und fragt ganz beiläufig, welcher Dir gefällt.* Nach der Ringgröße hatte er nicht direkt gefragt. Das fand sie sowieso zu plump. Aber er musste ja auch nicht der Ringtyp sein.

Nummer 2: *Er erkundigt sich, vielleicht gar nicht so beiläufig, wie du zu Doppelnamen stehst. Oder ob du deinen Nachnamen magst!* So eine Diskussion hatten sie in der Tat geführt. Bernadette gab sich gern nachgiebig und anschmiegsam, immer das Ziel vor Augen. Den Architektentitel besaß sie nun schon ein halbes Jahr, es war Zeit, die Laufbahn vom reichen Gatten gestützt in Angriff zu nehmen. Nur beim Namen, da war sie stur: Ihren Nachnamen würde sie keinesfalls abgeben. Deshalb war die Diskussion an diesem Abend recht schwierig, aber nein, der Name musste bleiben.

Nummer 3: *Falls ihr einen Laptop gemeinsam benutzt, fallen dir im Suchverlauf vielleicht die Schlagworte „Antrag" und „romantisch" auf. Das*

Gegenteil kann natürlich auch der Fall sein und der andere klappt den Laptop schnell zu oder schließt alle Tabs auf dem Smartphone – vielleicht für eine große, gut geplante Überraschung? Niemals würde sie ihren Laptop mit Elgar teilen! Selbst wenn er dazu bereit wäre. Außerdem war er zehn Jahre älter als sie, zwei Ehen lagen bereits hinter ihm, da müsste er sich nicht so dämlich verhalten.

Nummer 4: *Manche Menschen drücken ihr Zusammengehörigkeitsgefühl auch stark über Worte aus. Es kommt plötzlich viel seltener „Ich" zum Vorschein und er redet mehr vom „Wir". Dadurch wird die emotionale Verbundenheit deutlicher und gestärkt.* Bernadette lächelte zufrieden. Immerhin ein Punkt, bei dem sie sich sicher war.

Nummer 5. *Wenn er mehr Kontakt zu deiner besten Freundin oder deiner Familie sucht, kann es sein, dass er sich Beratung in Sachen „Heiratsantrag" holt. Wie süß! Schließlich möchte dein Partner, dass alles perfekt ist und dir gefällt.* Zwar hätte Elgar sowohl ihre Freundin Elke als auch ihre Mutter und ihre jüngere Schwester gerne kennengelernt. Aber das wusste sie wohl zu verhüten. Ihre Mutter brächte es fertig, diese weinselige Bettina-Story wieder auszupacken. Und Elke, nee, die hatte sich nach Brasilien abgesetzt.

Nummer 6: *Er überrascht dich mit einem ungeplanten Urlaubswochenende. Wohin? Verrät er nicht.*

Warum? Keine genaue Antwort und das unverfäng-
liche „einfach so". Oder er organisiert eine Party und
erklärt, dass etwas zu feiern gibt. Nämlich den Hei-
ratsantrag! Elgar war der Typ Mann, der sich nicht
spontanen Ideen hingab. Ein Glück, auf so etwas stand
sie gar nicht. Sie hatten sich das gegenseitig schon
bald erzählt, dass sie Überraschungen nicht so schätz-
ten. Bernadette ließ dabei aus, dass sie durchaus für
Überraschungen zu haben war, wenn sie viel Geld
oder Spaß brachten. Aber beim Spaß waren sie und
Elgar wohl doch nicht einer Meinung, aber auch das
musste er nicht wissen.

Nummer 7. *Bevor er dir einen Antrag macht, ist es*
natürlich wichtig, zu wissen, wohin die Reise geht.
Daher fragt dein Partner in letzter Zeit auffällig oft
nach deinen Zukunftsvorstellungen und deiner Le-
bensplanung. Kinder? Haus? Wenn die Parameter
stimmen, steht dem Heiratsantrag nämlich nichts
mehr im Weg.[21] Bernadette lächelte selbstgefällig. Da
hatte sie schon gemerkt, was er mochte, und das hatte
sie ihm als ihr Traumbild vor die Nase gehalten:
Kinder, ja, aber bitte nur eins. Mehr ist zu laut. Haus,
ja, gerne. Mit Einliegerwohnung für das Architekturbüro.

Es war 45 Tage nach ihrem ersten Date: Sie saßen
auf dem Sofa in seinem Wohnzimmer, Kaminfeuer
und Kerzen brannten (nichts Ungewöhnliches, hatte er
oft an) und sahen zusammen einen Film. Bernadette

war ziemlich müde und wollte eigentlich so schnell wie möglich ins Bett, aber um die Erschöpfung bildlich zu machen, weinte sie ein bisschen.

Er nahm sie in den Arm und sie sprachen ein wenig übers Kennenlernen, da meinte er: „Heute vor 45 Tagen haben wir uns das erste Mal gesehen." Sie sagte: „Ja, das war schön".

Er flüsterte: „Ich möchte den Rest meines Lebens mit dir verbringen. Bitte heirate mich." Sie waren beide einen Moment still, dann sagte Bernadette: „Ja."

Ja, und das war's. Sie haben dann noch mit Sekt drauf angestoßen. Bernadette wartete, dass noch irgendeine Überraschung kommt, zum Beispiel ein teurer Ring oder eine Kette. Aber da kam nichts. Egal, er würde doch sicher nach der Hochzeit sein Konto mit ihr teilen.[22]

Die Hochzeit

Die Kosten für die Hochzeit kalkulierte Bernadette sorgfältig durch. Bloß kein Geld zum Fenster herauswerfen! Auch ein reicher Mann wie Elgar hatte sicher seine Grenzen. Das Architekturbüro war ihr wichtiger als ein exquisites Essen oder viele Gäste. Ihr Zukünftiger war da anderer Meinung: Man heiratet nur einmal („oder dreimal", kicherte er), da soll man es auch krachen lassen! Seine Zukünftige kommentierte das nicht. Sie würde sich später durchsetzen. Er legte ihr einen Kostenvoranschlag vor.

Zuerst kommen Einladungen und damit auch die komplette Papeterie (Einladungskarten, Kirchenheft, Menükarten, Tischkarten, Gästebuch, Danksagungskarten): ca. 600 Euro.

Den Posten Hochzeitsauto für eine Miete von 300 bis 800 Euro für einen Oldtimer strichen beide.

Ringe gibt es ab 500 bis zu 2000 Euro, je nach Material und Gestaltung. Daran wollte Bernadette auch nicht sparen, wofür gibt es Pfandleiher?

Kleidung für die Braut (Brautkleid, Brautschuhe, Accessoires, Schmuck, Make-up, Friseur): 1000 – 4000 Euro und Kleidung für den Bräutigam (Anzug, Schuhe): 500 – 1500 Euro. Da fanden sie beide, dass hier ein Punkt zum Sparen sei. Fein angezogen, das war Pflicht. Aber Make-up? Nein.

Unterlagen und Formalitäten der durchschnittlichen standesamtlichen Trauung kosten ca. 100 bis 150 Euro.

Der Sektempfang nach der Trauung (Sekt, sonstige Getränke, Brezeln) kostet je nach Umfang ebenfalls mindestens 3 Euro pro Person. Bei besonderem Sekt und eventuell noch umfangreicheren Snacks geht das aber schnell in die Höhe. Lange ein Streitpunkt zwischen dem Brautpaar. Sie konnten sich dann einigen, hier nicht zu großzügig zu sein.

Das Budget für einen freien Trauredner sollte etwa zwischen 800 bis 2500 Euro betragen. „Das können wir auf jeden Fall einsparen", freute sich Elgar. „Das

mache ich selbst!" Bernadette lächelte zurück. Lang-
weiliger geht nimmer oder immer?

Bei der Kalkulation der Bewirtung hängt der Preis
sehr stark von den Ansprüchen des Brautpaars ab. Ein
Grillbuffet auf dem Land mit Selbstbedienung, wie es
Bernadette vorschwebte, ist natürlich deutlich güns-
tiger als ein Fünf-Gänge-Menü im Hotel in der Großstadt mit Servicekräften.

Die Hochzeitslocation kostet durchschnittlich 250
bis 500 Euro, sie kann allerdings manchmal kostenlos
sein, wenn der Besitzer die Bewirtung übernimmt.
Besondere Locations schlagen aber auch gerne mal
mit mehr als 2000 Euro zu Buche. Ein Blick – da
waren sich die beiden einig. Es gibt immer wieder
Hotels, die das mit dem Essen zusammen anbieten.
Das sollte allerdings vom Feinsten sein.

Sie gingen von knapp 80 – 100 zu erwarteten
Gästen aus. Bernadette hatte nur noch die eine jüngere
Schwester, die sie keineswegs einladen wollte, ihre
Mutter war inzwischen verstorben. Aber Elgar ver-
fügte über einen großen Verwandten- und Bekannten-
kreis. Er war ein relativ alter Bräutigam, umso besser
sollte das Menü sein. Ein Catering Menü/Buffet mit
Standard-Getränken und mindestens 60 Euro pro
Person, da sind das schon mal 4800 – 6000 Euro nur
für das leibliche Wohl.

Dazu kommt noch eine Hochzeitstorte (ca. 150 –
350 Euro) sowie Kaffee und Kuchen. Also sind es

schon mindestens 80 Euro pro Person für alles. Dies entspricht addiert mindestens 6400 Euro bei 80 und 8000 Euro für 100 Hochzeitsgäste. Das winkte Elgar durch als genehmigt.

An der Blumendeko wollte die Braut gern sparen. Elgar hatte eine Pollenallergie und sie selbst hatte noch nie Blumen im Haus gemocht. Also wieder etwa 600 Euro gespart.

Die Kosten für eine musikalische Unterhaltung sparten sie sich, genau wie einen Fotografen: Elgar hatte einen Vetter, der das bestens machte, so behauptete er. Später gab das Streit, weil Bernadette die Fotos von ihr unmöglich und extrem ungünstig fand, ihr Mann sie für überdurchschnittlich gut hielt. Bernadette weigerte sich, eines der Fotos gerahmt auf das Sideboard im Wohnzimmer zu stellen. Elgar hatte auf der Arbeit eines auf seinem Schreibtisch stehen.

Schließlich seufzte Bernadette: „Wir sollten auf jeden Fall bei der Kostenaufstellung Hochzeit *und* Honeymoon einplanen."[23] Elgar lächelte verliebt. „Natürlich, mein Mausischnäuzchen, da habe ich schon alles geplant." Bernadette hasste Kosenamen im Allgemeinen schon sehr. Erst recht Mausischnäuzchen! Aber die Zeit für Erziehung käme noch früh genug.[24]

Elgars Großnichte Mimi stellte eine Bewertung des Hochzeitmenüs ins Internet:

Das Anwesen, Hotel und Schafstall sind äußerst ansprechend und sauber. Die Zimmer schön und modern, der Blick ins Tal wirklich wunderschön. Allerdings außen hui innen pfui. Mit innen meine ich den Service sowie Essen und Getränke. Wir waren zu einer Hochzeit ‚zwangsweise' im Hotel und was dort an Speisen und Getränken geboten wurde, wäre in einer Betriebskantine als Durchschnitt anzusetzen, von den knapp 100 Gäste bekamen höchstens 60 etwas vom Buffet ab und zusätzlich noch: Was dort vorgesetzt wurde, war, wie oben beschrieben, unterstes Niveau und keine 10 Euro wert für alles. Allerdings bei einem Hotel, das von außen so einen mondänen Eindruck vermittelt, ist es inakzeptabel und vermiest einem den kompletten Aufenthalt. Definitiv kommen wir nicht wieder, und im Gegenteil würden auch jedem abraten, außer man möchte für viel Geld einfach übernachten.[25]

So gelungen, wie die Brautleute die Feier geplant hatten, fiel sie dann doch nicht aus.

Geplant war erst die Trauung beim Standesamt, anschließend noch eine freie Zeremonie auf einem Weingut in der Nähe, zusammen mit Freunden und Familie. Doch genau dort, in einem hübschen weißen Pavillon, passierte das Unglück.

Bernadette und ihr Angetrauter stehen sich gegenüber. Er hält ihre Hände. Seine Aufmerksamkeit scheint einem Redner zu gelten. Denn so wirklich bekommt er nicht mit, dass seine Frau ihm immer wieder versucht, zu sagen, dass es ihr nicht gut geht. Er habe das schlichtweg für einen Scherz gehalten, bis Bernadette plötzlich zusammengesackt ist. Sie habe an dem Tag einfach zu wenig getrunken und gegessen, außerdem habe ihr die Temperatur zu schaffen gemacht.

Nach dem Zusammenbruch kommt es noch schlimmer für Bernadette: Festgehalten haben das Freunde und Familie auf einem Video. Und das wiederum hat ein Freund von Elgar auf seinem Tik-Tok-Kanal geteilt. Versehen ist das Video mit einem Kommentar, der offenbart, dass die eigentliche Misere erst danach passiert. Denn während Bernadette sich übergeben musste, verrichtete ein kleiner Junge sein großes Geschäft – direkt auf ihr Brautkleid.

Doch wie konnte es dazu kommen? Die junge Frau war Bernadette direkt zur Hilfe geeilt. Ihr Baby hielt sie dabei auf dem Arm. Blöd nur, dass das Kind genau in dem Moment anfing, sein großes Geschäft zu verrichten und das wiederum den Arm der Frau hinunter aufs Brautkleid tropfte.[26]

Flitterwochen

Der Ursprung des Begriffes *Flitterwochen* findet sich wahrscheinlich im althochdeutschen filtarazan (liebkosen) und dem mittelhochdeutschen gevlitter (heimliches Lachen) bzw. vlittern (kichern, flüstern, kosen).

Damit stammt der Begriff aus einer Zeit, in der es noch verbreitet war, dass sich das Ehepaar vor der Hochzeit kaum kannte. Die Flitterwochen waren somit eine Gelegenheit für das jung vermählte Brautpaar sich ausgiebig kennenzulernen.

Eine weitere Erklärung für die Wortherkunft geht davon aus, dass der Begriff der Flitterwochen von der mit Flittern besetzten hochzeitlichen Haube mit Bändern abstammt, den die jungen Bräute trugen. Auch die Gewohnheit in einigen Gegenden, Flittern bei der Hochzeit vor dem Brauthaus zu streuen, spielt bei dieser Erklärung eine Rolle.[27]

Elgar hatte eine dreiwöchige Überraschungsreise nach Hawaii gebucht. Bernadette stand derzeit nicht auf der Fahndungsliste und konnte die Zeit daher voll genießen.

Neben Sommer, Sonne und Strand genossen die beiden die üppige Natur und unternahmen zahlreiche Wanderungen. Besonders gern gingen sie schwimmen. Am Freitag nach der Landung waren sie wieder im Meer. Plötzlich kam eine starke Strömung auf, die Elgar immer weiter hinaus auf das offene Wasser zu ziehen drohte. Er selbst konnte sich ans Ufer retten, doch sein Ring verschwand in den Tiefen des Ozeans.

Obwohl sich das Paar bewusst war, die Nadel im Heuhaufen verlegt zu haben, suchten die beiden, ausgerüstet mit Schnorchel und Taucherbrille, über eine Stunde lang das wertvolle Stück im Wasser – ohne

Erfolg. Der Ring schien für immer verloren zu sein. Trotzdem blieb Elgar optimistisch.

Er informierte den Schwimmlehrer des Strandes und versuchte auf Facebook sein Glück: In einer Gruppe für verlorene Gegenstände auf Hawaii teilte er sein Malheur. Knapp elf Monate später tauchte der Ring etwa zehn Flugstunden von dem Schnorchelspot entfernt wieder auf. Elgar und Bernadette fanden das eine unglaubliche Geschichte.

Kinder hatten den Ring entdeckt. Aber nicht gleich erkannt, was sie da in den Händen hielten. Erst dachten sie, sie hätten einen Piratenschatz gefunden!

Nachdem die Familie vergeblich versucht hatte, die Besitzer des Rings auf Hawaii ausfindig zu machen, nahmen sie ihn einfach mit nach Hause und brachten ihn anschließend zu der Juwelierin in ihrem Wohnort. Und das funktionierte: Sie kontaktierte ihre hawaiianischen Kollegen und so gelang es, Elgars Facebook-Post zu finden und ihn über sein Glück zu informieren.

Ihm fiel ein Stern vom Herzen, als er von der guten Nachricht erfuhr: „Ich muss einen Glücksstern haben!", sagte er zu Bernadette. Er setzte sich mit der Juwelierin in Verbindung und organisierte den Transport. Als Elgar das Paket öffnete, hatte er Tränen in den Augen. Der Ring war pünktlich zum Jahrestag des Kennenlernens des Paares angekommen.

Jetzt hat Elgar übrigens zwei Ringe. Denn in der Zwischenzeit hatte er bereits einen neuen anfertigen lassen. Er werde den Zweitring zur Sicherheit behalten. Denn die Erfahrung zeigt, man kann nie vorsichtig genug sein, war seine Überzeugung.[28]

Schwangerschaft

Bernadette wusste, dass sie ein Kind von Elgar bekommen müsste, wollte sie an seinem Reichtum längerfristig partizipieren. Sie hatte es ihm quasi versprochen. Es würde ihr zwar nichts ausmachen, ein Versprechen zu brechen. Aber es reizte sie auch, ihre Gene weiterzugeben.

Sie wollte es schnell hinter sich bringen. Deshalb legte sie es schon in den Flitterwochen darauf an, schwanger zu werden. Das klappte zwar nicht, aber wenige Wochen später konnte sie einen positiven Test nachweisen.

Sobald ihr klar war, dass die Hochzeit Ende November stattfände und somit die Hochzeitsreise in den Dezember fiele, informierte sie sich, wo denn in diesem Monat die Temperaturen angenehm waren und zu häufigem Sex einluden. Als sie dann herausfand, dass Elgar sie mit Flitterwochen in Hawaii überraschen wollte, war sie zufrieden.

Sie las nach, warum der Dezember der beste Monat ist, um schwanger zu werden. Eine Studie beweist, dass sich die Zeugung eines Kindes im Dezember und somit eine Geburt im September positiv auf die Gesundheit eines Kindes auswirkt. Babys, die beispielsweise im Juni geboren werden, erkranken häufiger, das Risiko einer Frühgeburt oder Fehlgeburt ist größer und auch Fehlbildungen innerer Organe treten bei den Juni-Geburten häufiger auf.[29]

Die anderen Faktoren, die für eine rasche Schwangerschaft hilfreich waren, trafen zu oder sie machte sie zutreffend:

Sie beobachtete ihren Zyklus ganz genau und bestimmte ihre individuellen fruchtbaren Tage. Zum Glück fielen die fruchtbarsten Tage in ihre Reisezeit. Elgar wunderte sich zwar, warum sie ständig Sex haben wollte, aber es gefiel ihm recht gut. Das änderte sich später, bis er einen rechten Widerwillen gegen sie entwickelte.

Ihre Ernährung passte ohnedies zu den Empfehlungen: Sie aß gesund und ausgewogen, vermied belastende Lebensmittel, sorgte für Bewegung, Fitness und Entspannung – auch wenn Elgar nie verstand, warum seine junge Frau so gerne die blutigsten Horrorfilme sah. Schon vor der Schwangerschaft hatte sie begonnen, Folsäure einzunehmen. Nichts sollte schiefgehen. Tabak und Alkohol waren für sie immer schon tabu, Stress und hohe Belastungen waren eher Lebenselixier für sie als ein Hindernis, schwanger zu werden. Davon war sie überzeugt.[30]

Bernadette war entschlossen, sich in der gesamten Schwangerschaftszeit wohlzufühlen. Elgar war in dieser Zeit besonders aufmerksam.

Durch das erste Trimenon (Wochen 1-12) ging Bernadette praktisch beschwerdelos.

Für viele schwangere Frauen ist Nr. 2 das Wohlfühl-Trimenon schlechthin. So empfand Bernadette es auch: Der Bauch ist noch nicht so groß, und aufgrund der veränderten Hormonlage fühlte sie sich prächtig.

Im dritten Trimenon empfand sie keine der Beschwerlichkeiten, wie sie andere Frauen häufig empfinden. Auf den Nesttrieb, der angeblich in dieser Zeit einsetzt, konnte sie gut verzichten. Das brauchte in ihrem Fall keinerlei Anstrengung. Auch wenn sie das vor der Umwelt verbarg und in den letzten Wochen voller Energie noch die letzten Vorbereitungen für ihre Tochter traf.[31]

Über die Geburt an sich sprach sie später nicht viel. Sie verbot Elgar, dabei zu sein. Sie hätte ihrer Tochter lieber einen anderen Namen als Babette gegeben, aber den Grund konnte sie Elgar schlecht erläutern.

Kind und Beruf

Pflichtgemäß stillte Bernadette ihre Tochter. Verwandte wiesen sie darauf hin, dass die Weltgesundheitsorganisation empfiehlt, Säuglinge in den ersten sechs Monaten ausschließlich zu stillen. Auch die Nationale Stillkommission vertritt die Auffassung, dass ausschließliches Stillen in den ersten sechs Monaten für die Mehrzahl der Säuglinge die ausreichende Ernährung ist.[32] Ein halbes Jahr? Bernadette gab nichts auf die Verwandtschaft, kamen sie doch alle von Elgars Seite. Ihre jüngere Schwester mied den Kontakt mit ihr. Ein Vierteljahr Stillen: Dann hatte sie genug.

Elgar traute sich nicht, etwas dagegen zu sagen. Er hatte schon gelernt, dass es wenig Sinn machte, Bernadette zu widersprechen, wenn sie sich etwas in den Kopf gesetzt hatte. So gaben sie eine Anzeige auf:

Wir suchen eine dynamische, herzliche und erfahrene Kinderfrau/Nanny für eine sehr freundliche Unternehmerfamilie mit einem dreimonatigen Mädchen. Die Familie wohnt sehr schön in ländlicher und gleichzeitig stadtnaher Umgebung in einer großen Villa. Die Familie stellt Ihnen eine Wohnung in der Nähe Ihres Arbeitsortes zur Verfügung. Die Mutter ist Unternehmerin und arbeitet häufig im Homeoffice. Sie unterstützen die Eltern von Montag bis Donnerstag, jeweils von ca. 9:00 bis ca. 20:00 Uhr. Sie versorgen und betreuen das Mädchen liebevoll, verbringen viel Zeit mit ihm an der frischen Luft und entlasten die Eltern, während sie ihrer Berufstätigkeit nachgehen. An einem Abend in der Woche findet ein Workshop in der Villa statt, so dass Sie die Kleine an diesem Abend zu Bett bringen und sich um sie kümmern, falls sie wach werden sollte. Die Familie legt großen Wert auf eine bodenständige, christlich geprägte Lebenseinstellung und ist sehr naturverbunden. Mehrere Urlaube im Jahr verbringt die Familie auf Hawaii oder am Vierwaldstätter See. Gerne begleiten Sie die Familie dorthin. Wenn Sie über Erfahrung als Kinderfrau, mit entsprechenden Referenzen verfügen, ein positiver und herzlicher Mensch sind und zeitliche Flexibilität mitbringen, freuen wir uns auf Ihre Bewerbung. Starttermin möglichst bald oder nach Absprache.[33]

Elgar meinte zwar, sie sollten schon eine Gehaltsvorstellung in das Inserat setzen, aber Bernadette setzte sich auch in diesem Punkt durch.

„Weißt du, was so eine Nanny kostet? Eine Nanny verdient in Vollzeit 40 Stunden ca. 1.500 bis 2.500 Euro netto je nach Alter, Qualifikation und Referenzen. Das entspricht einem Arbeitnehmer Brutto von circa 2.300 bis 4.300 Euro.

Dazu kommt weiterhin ein Arbeitgeberanteil in Höhe von circa 25 bis 30 Prozent.[34] Da lass die Bewerberinnen mal kommen!"

Elgar entgegnete, dass sie nur das Beste für ihre kleine Babette wollten, und er habe doch genug Geld. Bernadette stimmte ihm zu und lächelte. „Ja, das ist schön, dass du so großzügig bist, aber wir müssen das Geld nicht mit vollen Händen zum Fenster herauswerfen." Zumindest nicht für ein Kind, für ihr Büro wäre das etwas anderes.

Architekten ersinnen anderer Leute Gebäude, doch auf die Einrichtung ihres eigenen Arbeitsplatzes wollte sie auch mehr als nur einen Gedanken verwenden.

Bei der Auswahl der technischen Grundgeräte gibt es einige Standards in Sachen Büroausstattung für Architekturbüros. Bernadette war sich nicht sicher, ob sie in späteren Jahren Angestellte haben wollte oder lieber Einzelkämpferin blieb. Der Einzelkampf – ein Wort, das sie liebte – lag ihr auf jeden Fall mehr. Ihr Büro hatte drei Räume, eine Küche und eine Dusche mit WC. Den größten Raum bekam sie selbst, das war klar. Einen Raum machte sie zum Technikraum, der zweite blieb vorerst unbenutzt.

Natürlich machen Einzelbüros gerade beim Thema Privatsphäre vieles einfacher, sie sind aber insgesamt kostspieliger, vor allem wegen der schlechteren Platzausnutzung.

Die Beleuchtung war ihr wichtig. Grundsätzlich liebte sie das Halblicht, aber nicht bei der Arbeit. Neben der allgemeinen Beleuchtung ist für jeden Arbeitsplatz eine individuelle Beleuchtung notwendig. LED-Bürolampen mit hoher Lichttemperatur (ca. 4000 K) sind optimal.

Zunächst einmal braucht ein Architekturbüro Computer-Arbeitsplätze, die über einen Server miteinander vernetzt sein sollten. Des Weiteren gehören CAD-Arbeitsplätze als Spezialausrüstung zu einem

Architekturbüro; optimalerweise sind auch diese miteinander vernetzt. Auch wenn sie alleine arbeitete, brauchte sie mehrere Geräte, um dem Ganzen mehr Struktur zu geben. In der Regel ist auch noch ein Plotter vorhanden. Diese teuren und hochwertigen Geräte setzen großformatige digitale Baupläne direkt auf Papier um, und groß sollten ihre Projekte werden. Wichtig ist dies auch für die Einreichung bei Behörden oder beim Bauherrn selbst. Auch an ihren Drucker hatte Bernadette besondere Anforderungen. Mit dem normalen A4-Drucker ist es bei weitem nicht getan, ein A3-Drucker/Kopierer sollte es mindestens für sie sein, eventuell sogar wesentlich größer. Sogar A0-Drucker sind in Architekturbüros keine Seltenheit. Und: Wo ein Drucker, da auch ein Scanner. Auch hier sind Formate bis A0 durchaus üblich. Da sie ein ausländisches Kindermädchen für recht wenig Geld gefunden hatten, sah sie hier ein Potential, an Elgars Großzügigkeit zu appellieren.

Da sie nicht vorhatte, Präsentationen im eigenen Büro durchzuführen, brauchte sie keinen Beamer.

Bei der Softwareauswahl hielt sie sich an den Standard: MS Office, Adobe Pro, sowie eine CAD-Software.[35]

Sie hatte unter Hochdruck gearbeitet, und so stand alles nach schon zwei Monaten bereit. Elgar war beeindruckt von seiner effizienten Frau. Dass sie auch

im Bett recht aktiv war, gefiel ihm zu Beginn ihrer
Ehe immer noch gut.

Die ersten Preise

Sie genoss die Zeit im Büro, fernab von Elgars spieß-
bürgerlichen Wünschen und dem Kindergeschrei. Sie
fühlte Kreativität und Schaffensdrang wachsen. Wie
den Markt erobern? Auf keinen Fall über niedrige
Preise, das kam für sie nicht in Frage. Einmal im nied-
rigen Preissegment, kommt man nie wieder heraus.

Sie begann Elgars wohlhabenden Bekannten- und
Freundeskreis zu akquirieren. Mit ihrer Begabung und
ihrem Durchsetzungsvermögen zog sie sich einen
kleineren Auftrag nach dem anderen an Land, arbeitete sich hoch zu größeren Arbeiten. Ihr Charme und
ihre Bereitschaft, mehr zu geben, als es Elgar gefallen
würde, halfen bei vielen männlichen Auftraggebern
ebenfalls.

Bernadette betrachtete jedes Projekt individuell
und hatte den Willen, ein auf die Endnutzer zuge-
schnittenes Gebäude zu entwerfen. Das war ihre
Herangehensweise.

Sie feierte gerne Erfolge, von Teamarbeit hielt sie
immer weniger. Durch die fortschrittliche technische
Ausrüstung war später der Wechsel auf eine eher digi-
tal getriebene Arbeitsweise kein Problem für sie. Sie
hatte Spaß bei der Arbeit und den Willen, etwas zu
erreichen.

Ein typisches Projekt durchlief bei ihr mehrere Leistungsphasen, die für sich gesehen sehr klar abgegrenzt waren. Dadurch gab es nicht den typischen Arbeitsalltag, denn sie stand immer wieder vor neuen Herausforderungen, die es zu lösen galt. Sie wusste jedoch stets, was zu tun ist, und trat organisiert an ihre Aufgaben heran.[36]

Zunächst plante sie Einfamilienhäuser und Umbauten vorwiegend für private Bauherren. Dann kam das erste öffentliche Projekt: die Nevigesener Bergsteigerhalle. Ein weiteres zukunftsweisendes Projekt war das Frauenhaus in Wuppertal-Langerfeld. „Beide Projekte waren für mich Meilensteine, denn es folgten weitere Aufträge anderer Gemeinden.", erinnerte sich Bernadette König in einem Interview. „Frauenhaus und die Mehrzweckhalle waren regelrechte Prototypen, die viel Interesse auf sich gezogen haben und häufig von den Verantwortlichen bauwilliger Gemeinden besichtigt worden sind", ergänzte sie.

Die Vielfalt der Projekte war gewachsen, das Architekturbüro König bot ein unglaublich breites Portfolio an Projekten rund um die Architektur für die verschiedensten Zwecke. Kommunalgebäude: vom Bauhof Schwaningen über Feuerwehrgerätehäuser in Düsseldorf, Köln und Ulm bis zu Schulsanierungen in Bergneustadt und Gummersbach.

Ihr Unternehmen war gefragter Partner für Banken und Firmengebäude. Als Flaggschiff könnte der Neubau der Zentralbank Hannover angesehen werden. Doch auch verschiedene Filialen von Sparkasse und Volksbank tragen den unverkennbaren Stempel des Architekturbüros König. Auch die Reihe der gewerblichen Bauprojekte war umfangreich.

Und das war noch lange nicht alles. Denn Bernadette König konnte nicht nur ‚modern‘, sondern war auch in Sachen Denkmalpflege und Kirchen unterwegs.[37]

Insgesamt konnte sie 2022 drei Architekturpreise gewinnen. Die Dotierungen waren für ihren Geschmack eher bescheiden, aber so ein Preis ist ja gut fürs Renommee.

BDA Hamburg Architektur Preis 2022

Nachhaltigkeit im Bauwesen ist in aller Munde. Doch diese auch mit Qualität zu verbinden, die neue Maßstäbe für Projekte der Zukunft setzt, gelingt nur wenigen Architekturschaffenden. Der BDA Hamburg würdigt seit 1996 alle zwei Jahre besonders gelungene Um- oder Neubauprojekte der Region, um genau diesen Fokus zu schärfen. Mit dem BDA Hamburg Architektur Preis werden Architekten und Bauherrschaft für das gemeinsame Projekt gleichermaßen ausgezeichnet. Am 24. November 2022 fand die feierliche Preisverleihung statt, bei der dieses Jahr ein erster Preis sowie in Kooperation mit dem Hamburger

Abendblatt der *Publikums Architektur Preis* vergeben wurden.

Den ersten Preis erhielt das Büro König für den Neubau des Atelierhauses der Hochschule für bildende Künste in Remscheid.[38]

Rheinischer Architekturpreis 2022

In zwölf Kategorien vergaben Publikum und Jury Preise an Nordrhein-Westfalens beste Architektur: darunter die hypermoderne Kfz-Zulassungsstelle in Velbert (Graues Architekten), der Anbau und die u.a. museale Umnutzung des historischen Springofens in Siegen und der mir nichts, dir nichts auf- und rückgebaute Kirchenpavillon von Bernadette König (Senior Talent Award, dotiert mit 20.000 Euro Preisgeld). Für die Bauwerke ausgezeichnet wurden nicht nur die Architekten, sondern auch die Bauherren. Sie erhielten eine Trophäe in Form einer gravierten Aluminiumplatte, welche am Gebäude angebracht werden kann.

22.829 Stimmen waren im Vorfeld für die nominierten Bauwerke in sechs der zwölf Kategorien abgegeben worden. Am 1. Juli hatte sich die Fachjury auf drei Nominierte je Voting-Kategorie festgelegt. Die Gala-Veranstaltung am 15. Oktober wurde daraufhin live im Regionalfernsehen übertragen.[39]

Der Senior Talent Award Ideen erfordert Projektskizzen oder auch realisierte Projekte von Architekten über 40 Jahren. Die Vergabe des Preises erfolgt durch die Jury. Der Preis ist mit einem Preisgeld von 20.000 Euro dotiert.[40]

Die Kirchen wünschten sich im Rahmen der Landesgartenschau in Schloss Burg an der Wupper einen ruhigen Ort für Gottesdienste und Einzelgespräche, einen Pavillon als Schattenspender an heißen Sommertagen.

Der Fokus lag dabei auf Nachhaltigkeit und der Möglichkeit eines rückstandslosen Rückbaus. Gemeinsam mit der Zimmerei Mitteltaube wurde ein Pavillon konzipiert, der innerhalb von ein bis zwei Tage auf- und abgebaut werden kann. Dank dieses modularen Aufbaus wird der Pavillon auch nach der Landesgartenschau weiter als Veranstaltungsraum dienen. Im Gespräch sind bereits Nutzungen als Gruppenraum für einen Waldkindergarten oder Probierstube für ein Weingut.[41]

Der DAM-Preis 2022

Der DAM-Preis 2022 geht an das BÜRO BERNADETTE KÖNIG für das WOHNHAUS *SANTA REMO* in Minden. Das in der relativ jungen Messestadt Minden gelegene *Santa Remo* ist höchst innovativ. Die Baugenossenschaft *Cooperative Small City* hatte für ihr erstes Wohnungsbauprojekt einen eigenen Wettbewerb veranstaltet, zu dem es 162 (!) Einreichungen gab. Die Realisierungsentscheidung fiel zugunsten des BÜROS BERNADETTE KÖNIG.

Ästhetisch überrascht das Gebäude durch eine Straßenfront mit breiten Wintergärten hinter gewellten Recycle-Tafeln. Vor allem aber sind in dem Haus durch eine matrixartige Raumstruktur unterschiedliche Wohnungsgrundrisse für verschiedene Lebensweisen einschließlich gemeinschaftlicher Flächen möglich. Die Jury war überzeugt: Dieses klug durchdachte und schon jetzt von den Bewohnern vollen Herzens angenommene Haus setzt Maßstäbe in der drängenden Frage nach der Zukunft des Wohnens – und entschied, dem *Santa Remo* den DAM-Preis 2022 zuzuerkennen.

Seit 2017, nunmehr im sechsten Jahr, zeichnet ALTHAUS als enger Kooperationspartner des Deutschen Architekturmuseums (DAM) im Rahmen des 2007 begründeten DAM-Preises jährlich herausragende Bauten in Deutschland aus.[42]

Treue zu Elgar

Durch Bernadettes Freundschaft mit einem katholischen Geistlichen in ihrer Jugend hatte sie sich einige Prinzipien angeeignet. Sie log zum Beispiel nie, es sei denn, es war nötig. Sie tötete auch nie, es sei denn, es war im Sinne des katholischen Glaubens. Sie betrog Elgar während der ganzen Ehejahre nie, es sei denn, es ging um ein wichtiges Geschäft. Das war aber etwas anderes!

Sie fand ihren Anspruch an regelmäßigen Sex auch völlig im normalen Rahmen. Elgar war ihr Mann, basta. Aber einmal im Monat, so viel kann man doch verlangen? Elke meinte, sie sei total naiv, damit käme sie selbst nie hin. Aber Bernadette konnte sich in ihrer Arbeit verlieren. Nur ab und an, da brauchte sie ihn einfach. Beim letzten Mal hatte er ein solches Theater gemacht, sie vor Gericht gezerrt, die kleine Tochter als Zeugin genannt (die war doch von vornherein auf der Seite ihres Vaters), er bot ihr sogar die Scheidung an. Nichts da! So würde sie nicht in den Himmel kommen. Sie wusste, dass andere Menschen so eine Einstellung zur Ehe altmodisch fanden. Aber so war sie nun mal.

Immer mehr Leute gehen fremd, das ergab eine Statistik des Datingportals *Bestepartner*. In einer repräsentativen Umfrage hat das Portal deutsche Internetnutzer zwischen 19 und 69 Jahren zu ihrem Liebesleben befragt. Während im Jahr 2012 nur jeder Fünfte angab, dass er fremdgegangen ist, stieg die Zahl im Jahr 2020 auf rund 30 Prozent. Somit hatte fast jeder dritte Befragte bereits einen Partner oder eine Partnerin betrogen.

Ob dabei auch das Alter eine Rolle spielt, wollte das Seitensprung-Portal LegitimitateEncounters.com herausfinden. Ihr Ergebnis: ja. Über diese Datenerhebung berichteten mehrere Medien.

Das Portal hat 1000 seiner Nutzer befragt, die verheiratet und auf der Suche nach einer Affäre sind, und deren Profile analysiert.

Das Portal erkannte, dass es gewisse „Gefahren-Alter" gibt. Diese seien stets am Ende eines jeden Jahrzehnts, das heißt, wenn man kurz vor der nächsten Dezimalzahl ist. „Das gilt für Männer und Frauen. Beide suchen nach Affären, wenn sie bald ein neues Lebensjahrzehnt erreichen", sagte der Sprecher des Portals dazu. Welchen Standpunkt vertreten Forschungen hier?

Einige Forschungen unterstützten diese These. In insgesamt sechs Studien wurde das Verhalten Erwachsener rund um ihr „9-End-Jahre" analysiert, so *livescientific.com*.

Die Untersuchungen ergaben, dass die betroffenen Personen mit einer Neun am Ende öfter infrage stellen, ob ihr Leben bedeutend ist oder nicht. Diese Sinnkrise könnte der Grund für die steigende Zahl an Affären sein, erklären die Forscher.

Wenn Bernadette so etwas las, konnte sie nur den Kopf schütteln. Den Sinn ihres Lebens hatte sie einmal früh erkannt, da war sie gerade vierzehn Jahre alt. Da brauchte sie weder 39 noch 49 zu werden, um Panik zu bekommen. Jeder bastelt sich sein Leben selbst, da kann man ruhig nach vorn blicken.

Eine andere Studie der Universität Velbert stellt in den Raum, dass Untreue auch aus evolutionären Gründen stammen kann. Mit abnehmender Fruchtbarkeit verliert eine Beziehung allmählich ihren Reiz. Folglich ist der Seitensprung bei älteren Paaren wahrscheinlicher. Die Forscher ermittelten, dass Männer im Alter von 55 Jahren und Frauen im Alter von 45 Jahren meistens ihren Partnern untreu sind. Das entsprach genau dem Altersunterschied zwischen Elgar und Bernadette. Sie begann ihn genau zu beobachten, vielleicht ging er ja fremd?

Es ist nicht möglich, komplexes menschliches Verhalten vorherzusagen, deshalb zweifelte Bernadette solche Ergebnisse an. Zum Alter können viele Faktoren eine Untreue wahrscheinlicher machen, wie zum Beispiel die Charakterzüge einer Person oder die finanzielle Abhängigkeit von einem Partner.[43]

„Genau, deshalb bin ich so froh, dass mein Architekturbüro gut läuft!" Bernadette lächelte selbstgefällig. Sie wollte nun einmal nachforschen, ob Elgar ihr möglicherweise untreu sei. Das würde manches erklären. Wenn sie dafür Beweise hätte, gäbe das ein probates Druckmittel in finanzieller Hinsicht. Um Babette würde sie sich nur zum Schein sorgen. Die könnte gern bei ihrem Vater bleiben!

Elgars Seitensprung

Elgars Verbindung mit Bernadette war seine dritte Ehe. Diesmal wollte er alles richtig machen. Nicht glauben, er könne bestimmen, wo es lang geht. Nicht erwarten, dass die Frau sich emsig um eventuellen Nachwuchs kümmert. Sich nichts darauf einbilden, dass er das große Geld mit nach Hause brächte.

Bernadette war eine gut aussehende Frau. Von ihrer Familie erzählte sie wenig, wenn überhaupt. Es gab da noch eine Schwester, eine Bindung bestand nicht. Das sagte Elgars Wunsch nach Konzentration auf seine Person zu. In den ersten Wochen der Ehe lief alles so, wie er sich das gedacht hatte. Aber kaum war Bernadette Mutter geworden, verlor sie ihren Sinn für das Familienleben. Ja, sie kam ihren ehelichen Pflichten nach, aber die baute sie zumindest im Haushalt sehr schnell ab. Ihm schien sie obsessiv in ihren Beruf einzutauchen. Sie war gut, sie hatte auch Preise bekommen – aber der Preis dafür war hoch. Zu ihrer Tochter hatte sie eine rein oberflächliche Beziehung. Sie mischte sich selten in den Haushalt und dessen Führung ein, aber wenn sie es tat, setzte sie sich durch.

Er wandte sich an eine katholische Eheberatung. Ihr wäre Bernadette in ihrer seltsamen Form von Frömmigkeit sicher aufgeschlossener gegenüber als einem Coach aus dem Privatsektor.

Bei persönlichen, partnerschaftlichen und familiären Problemen, Krisen und Konflikten stand diese Beratung den Ratsuchenden unterstützend zur Seite. Das Ganze war kostenfrei. Nicht, dass er dafür kein Geld hätte. Aber er kannte Bernadette. Für Coaching und Hilfe würde sie, wenn überhaupt, keine Unterstützung gegen Bezahlung annehmen.

Elgar konnte sich aus dem Angebot auswählen, was er suchte, sei es psychologische Einzelberatung, Paarberatung oder in Familienkonstellationen, eine Klärung von Beziehungen, Hilfe beim Aufbau eines partnerschaftlichen Zusammenlebens und Förderung von Kommunikations- und Problemlösekompetenzen, auch Beratung bei Trennung und Scheidung (wenn es zum Schlimmsten kommen sollte), Mediation um Trennungs- und Scheidungsfolgen mit Blick auf die Kinder zu regeln, Unterstützung in belastenden und konflikthaften Lebenssituationen, zur Bewältigung von Lebensübergängen, zur Verarbeitung von Verlust und Trauer, Unterstützung zur Bewältigung aktueller Krisensituationen.

Sie boten Beratung auch als *Blended Counseling* („Gemischte" Beratung) an. Dabei werden im Verlauf der Beratung verschiedene Formen der Kommunikation, vom Gespräch vor Ort über Telefon-, Mail-, Chat- und Videoberatung eingesetzt.

Das Angebot kam von der katholischen Kirche. Das Team behauptete, offen für alle Ratsuchenden zu sein, unabhängig von Weltanschauung, Herkunft, sexueller Orientierung oder Konfession. [44]

Dies alles erläuterte Elgar seiner Frau. Aber die wollte nichts davon wissen. Es liefe doch blendend. Da sie nicht mit sich reden ließ, ging Elgar erst allein zur Beratung. Es brachte ihn nicht wirklich weiter, ohne Mitarbeit seiner Frau, so wurde ihm versichert, liefe das nur auf eine Scheidung hinaus.

Das Thema Trennung durfte er bei Bernadette schon gar nicht ansprechen, dann rastete sie richtiggehend aus. Er versuchte es weiter.

Manchmal unterhielt er sich mit Francoise über seine Probleme. Sie war bei der Familie geblieben, auch nachdem Babette groß genug war, um auch ohne Kindermädchen über die Runden zu kommen. Elgar schlug vor, dass sie Francoise weiter beschäftigten, Bernadette hatte nichts dagegen. Umso mehr Zeit konnte sie in ihrem Büro verbringen oder mit Geschäftsfreunden essen gehen usw.

Dann war es passiert. Francoise und er fanden sich eines Tages im Bett wieder. Zum Glück in ihrem Zimmer, und nicht im ehelichen Schlafzimmer. Auch wenn er es eigentlich nicht wollte – und sie auch nicht –, entwickelte sich eine Art Affäre daraus.

Er liebte Bernadette, er entwickelte aber gleichzeitig Gefühle für die andere Frau, die ihn auch gern haben wollte. Sie war Single.

Elgar drehte sich im Kreis und hatte keine Ahnung, welche die richtige Entscheidung wäre. Sich für seine Frau zu entscheiden, die er nicht nur liebte, sondern auch sehr schätzte, die ihn gut kannte und bei der er zu wissen glaubte, dass sie hinter ihm stand. Daneben Francoise, für die er mehr Gefühle hegte als für seine eigene Frau: Bernadette hatte keine Ahnung von

Familie, war beruflich sehr viel unterwegs und von ihr dachte er manchmal, dass er sie kaum kannte.

Sein Verstand sagte ihm, er sollte bei seiner Ehefrau bleiben, bei der er wusste, was er an ihr hatte, bei allen Dominanzproblemen.[45]

Immer wieder ließ er sich diese Nacht durch den Kopf gehen. Er hatte einfach am Küchentisch gesessen. Plötzlich hatte Francoise ihn angesprochen und gefragt, ob er mit ihr reden wolle, vielleicht eine Runde zusammen laufen. Für ihn war es ok, es kam sehr nett rüber und er hatte sich auch nichts gedacht.

Dann fragte sie ihn, ob sie zu ihm in die Wohnung gehen. Er hatte es verneint und sie meinte, sie wollte einfach nur ein bisschen quatschen, draußen hatte ein Unwetter ihre Runde unterbrochen. Er kam dann mit, hatte KEINE Absichten. Sie saßen erst distanziert auf dem Sofa. Wie war es gekommen, dass sie sich geküsst hatten? Er wusste es nicht mehr zu sagen.

Er hatte ein schlechtes Gewissen. Auf eine gewisse Weise liebte er seine Frau, er war immer treu. Er bedrängte Francoise, dass sie auf keinen Fall seiner Frau etwas sagen solle, sie stimmte zu. Aber sie arbeitete und wohnte nun mal im selben Haushalt. Das machte ihm sehr viel Angst. Manches Mal fragte er sich, was er überhaupt für ein Mensch sei.[46]

In seiner Einzelberatung wollten sie herausarbeiten, was denn die wahren Ursachen für den Flirt sind. „Meist wird etwas in der Beziehung nicht ausgelebt oder vernachlässigt. Erst wenn diese Gefühle dauerhaft verdrängt werden, kommt es zur Krise", sagte ihm der Therapeut. Sehr häufig gehe es um verletzte Selbstwertgefühle, um das Bedürfnis nach Anerkennung, um das Ansehen und die Wertschätzung innerhalb der Partnerschaft, aber auch nach außen hin, gegenüber Freunden oder Nachbarn beispielsweise. „Bei diesen Punkten setze ich an", fuhr der Therapeut fort. „Als Moderator, Verstärker, Kommunikationsberater oder einfach nur als Mutmacher. Wir versuchen, eingefahrene Beziehungsrituale sichtbar zu machen, Auswege aufzuzeigen und neue Brücken zum Partner zu bauen."

In seinem Beispiel, so ergab die Therapie, fühlte sich Elgar zur liebevollen Nanny hingezogen, weil sich seine Frau zu Hause zu sehr in sich zurückgezogen und alle Energie auf das Architekturbüro gelegt hatte. Ziel der Beratung war es, den betrogenen Partner emotional aus der Reserve zu locken und ihn darin zu bestärken, die Kränkung durch den Partner zu überwinden und sich dem anderen wieder mehr zu öffnen. Am Ende könnten sie beide wieder zusammenfinden und sogar gestärkt aus der Krise hervorgehen. Aber Bernadette weigerte sich. Gestanden hatte ihr Elgar nie, nur später war ihm klar, dass sie es doch mitbekommen hatte. Sie war einfach zu klug.

Das Wichtigste für eine Beziehung ist es, sagte der Therapeut, sich von Anfang an darüber klar zu werden, was alles erlaubt sei und noch toleriert werde – und wo die Grenzen sind. „Jede Beziehung ist zunächst ein geschützter Raum, den nur die Partner besetzen. Die Regeln, die dort gelten, legen sie selbst fest. Sie müssen sich gegenseitig respektieren, und sie wissen am besten, was wichtig ist und was nicht."

Als Elgar sich mit Francoise eingelassen hatte, war er emotional erschöpft. Er kümmerte sich fast allein um die Tochter und einiges im Haushalt, was nicht u Francoises Arbeitsbereich gehörte. Bernadette war meistens bei der Arbeit oder unterwegs. Ohne es zu merken, hatten sich die beiden auseinandergelebt. Die Aufmerksamkeit von Francoise hatte wieder eine Saite bei ihm zum Schwingen gebracht, die er lange vernachlässigt hatte. Und trotz des schlechten Gewissens seiner Frau gegenüber tat ihm die Erfahrung gut.

Als Elgar es später Bernadette dann doch erzählte, weigerte sie sich weiterhin, Hilfe von einem professionellen Dritten zu suchen. Elgar schlug vor, was der Therapeut gesagt hatte: Seine Frau könne beruflich auch mal kürzertreten, damit sie den Hochzeitstag oder die Geburtstage wieder gemeinsam verbringen könnten. „Es braucht für eine Belebung oft nicht viel, aber vieles geht in der Hektik des Alltags unter. Die Untreue war in diesem Fall ein wichtiger Impuls und ein Warnsignal, dass wir beide uns wie früher wieder mehr als Mann und Frau begegnen sollten."[47]

Diese Meinung teilte Bernadette überhaupt nicht. Sie machte ihm ständig ein schlechtes Gewissen – er brachte es nicht über sich, die Beziehung zu Francoise abzubrechen –, aber ansonsten tat sie noch stärker, was sie wollte. Er traute sich nicht mehr, sich ihr zu widersetzen. Auf Francoises Raten hin bat er Bernadette schließlich um eine Scheidung.

„Nicht mit meinem Einverständnis!", schrie sie ihn an. „Du weißt, dass ich eine gläubige Katholikin bin. Ich werde niemals einwilligen!"

Scheidung

Elgar fragte sich, wie lange seine Frau die Scheidung verweigern könne.

Grundsätzlich muss der Antragsgegner dem Scheidungsantrag nicht zustimmen. Spätestens nach drei Trennungsjahren ist aber anzunehmen, dass die Ehe unwiderruflich zerrüttet ist. Dann kann die Ehe auch gegen den Willen des anderen Ehepartners auf Antrag geschieden werden.

Die Zustimmung seiner Frau war nicht erforderlich. Spätestens nach drei Jahren Trennung kann die Scheidung vom Gericht auch zwangsweise ohne Bernadettes Einverständniserklärung erfolgen. Auch nach drei Jahren ist die Scheidung nur auf Antrag bei dem zuständigen Familiengericht möglich. Selbst wenn der andere Partner die Scheidung eigentlich nicht will, muss er dann auch seinen Auskunftspflichten bezüglich der Scheidungsfolgen nachkommen.[48]

Bernadette hatte ihm auch auf mehrere Bitten hin erläutert, dass sie die drei Jahre durchhalten werde. Sogar als sie ihm drohte, das Sorgerecht für Babette zu erkämpfen, blieb er gelassen. „In drei Jahren ist Babette alt genug, um selbst zu entscheiden, wo sie hin will. Da mache ich mir keine Sorgen." Das saß bei Bernadette. Nicht etwa, weil ihr viel an der Tochter lag. Aber es war bisher immer ein gutes Druckmittel gewesen, um bei Elgar etwas durchzusetzen.

Bernadette überlegte. Einen Ehevertrag hatten sie zum Glück nicht. Bei ihrer Eheschließung galt somit automatisch der Güterstand der Zugewinngemeinschaft. Bei einer Scheidung hat der mit dem geringeren Vermögen Anspruch auf Zugewinnausgleich. Sie würde also auf jeden Fall profitieren, da sie zwischen Heirat und Scheidung weniger Vermögen angehäuft hatte. Dennoch, sie wollte mehr.

Elgar hatte durch seine Unternehmen während der Ehe einen höheren Gewinn erwirtschaftet, daher lag es auf der Hand, dass er eine Ausgleichszahlung an sie leisten müsste. Zum Glück hatte sie größere Gewinne schon vorher, so rein aus Vorsicht, über diverse Umwege auf Konten übertragen, von denen niemand Kenntnis hatte.

Aber ihr Anspruch auf Zugewinnausgleich beschränkte sich per Gesetz ja auf finanzielle Mittel. Sie konnte also nicht verlangen, dass z. B. das Haus auf sie übertragen werde. Nicht einmal ihr Büro war ihr sicher.

Dass Erbschaften und Schenkungen ebenfalls außen vor bleiben, betraf sie nicht. Sie hatte in der Zeit nichts geerbt und auch nichts geschenkt bekommen. Für Elgar galt das ebenfalls. Die Immobilie gehörte ihm allein, für die Scheidung war daher nur deren Vermögenszuwachs zwischen Heirat und Scheidung entscheidend.

Da sich das eigentliche Scheidungsverfahren um die Zeit verlängerte, die die Auseinandersetzung um die Ausgleichsforderung in Anspruch nimmt, plante sie, die drei Jahre noch weiter zu strecken. In der Zeit hatte sie genug Möglichkeiten, ihr Einkommen und Vermögen unauffällig weiter schrumpfen zu lassen.

Als Stichtag für die Zugewinnberechnung gilt der Zeitpunkt der Zustellung des Scheidungsantrags. Auch den musste sie hinauszögern.[49] Das heißt, sich schon gegen eine Scheidung wehren, aber irgendwie Hoffnung wecken, dass es vielleicht doch in beidseitigem Einvernehmen geschehen könnte. Und sei es nur zur Schonung von Babettes zarter Psyche. Bernadette lächelte zynisch, ja, das waren Elgars Worte „Babettes zarte Psyche."

„Am besten wäre", so schrieb sie an ihre alte Freundin Elke, „Vater und Kind würden gemeinsam den Tod finden. Also das wünsche ich ihnen natürlich nicht, aber ich meine, so rein von der ganzen Rechnerei her. Das wäre auch für das Amt einfacher."

Der tragische Unfall

Elke hatte davon in der Zeitung gelesen. Auch in Brasilien ist es möglich, deutsche Zeitungen zu kaufen. Sie sind nicht mehr brandneu, bieten aber eben Infos über die alte Heimat.

Als sie von dem Unfall las, schaute sie kurz auf ihrer Uhr auf das Datum. Das war jetzt zehn Tage her, dass sich an dem Sonntagabend in Engelskirchen ein Verkehrsunfall ereignet hatte, bei dem ein Mann tödlich und seine Tochter lebensgefährlich verletzt wurden. Sie erlag wenige Stunden später ihren schweren Verletzungen.

Gegen 19 Uhr fuhr der 62-jährige Fahrer mit seinem Pkw von Engelskirchen kommend in Richtung Gummersbach. Auf dem Beifahrersitz befand sich seine fünfzehnjährige Tochter. Aus bislang unbekannter Ursache kam der Vater rechts von der Fahrbahn ab, streifte eine Stützmauer und wurde durch den Aufprall auf die linke Fahrbahn geschleudert. In weiterer Folge kam es zu einer Frontalkollision mit einem entgegenkommenden Auto, in dem sich eine 28-jährige Gummersbacherin mit ihrem sechsjährigen Sohn befand.

Nach erfolglosen Reanimationsversuchen durch den Notarzt konnte schließlich nur mehr der Tod des 62-Jährigen festgestellt werden. Seine Tochter wurde

mit lebensgefährlichen Verletzungen vom Rettungs-
hubschrauber Anneliese 17 ins Krankenhaus Düsseldorf gebracht, wo sie trotz aller Bemühungen nach
wenigen Stunden verstarb. Die 28-Jährige sowie ihr
Sohn erlitten schwere Verletzungen und wurden mit
den Rettungshubschraubern Anneliese 7 und 13 ebenfalls ins Krankenhaus Düsseldorf gebracht. Die Freiwilligen Feuerwehren Engelskirchen und Gummersbach standen mit über sechzig Kräften und zehn Fahr-
zeugen im Einsatz.[50]

Elke las allgemein gern Unfallberichte. Aber so
richtig aufmerksam wurde sie erst, als sie in einem
weiteren Artikel von der schluchzenden Ehefrau und
Mutter las, die die beiden zurückgelassen hatten.

In einer Illustrierten fand sie nämlich einen Artikel,
der das Leben des 62-jährigen Fahrers herzergreifend
schilderte.

„Als läge auf Reichtum ein Fluch", lautete die
Überschrift. Berichtet wurde die tragische Geschichte
des Millionärs Elgar M. (62), der in seinem Mercedes
mit seiner Tochter zu Tode kam. So viele Millionäre
mit Vornamen Elgar kann es doch nicht geben, da war
sich Elke sicher. Aufmerksam las sie weiter.

Der Mercedes-Fahrer gehörte zur Generation der
Erben. Sein Vater, ein fleißiger Metzger, erwarb Häu-
ser und baute das marewegsche Wurstimperium auf.
Er starb, als Elgar noch mitten im Volkswirtschaftsstu-
dium steckte. Das Erbe wurde unter vier Geschwistern

aufgeteilt – der Student war mit einem Schlag Wurstmillionär. Das Geld mehrte sich durch tragische Umstände schnell weiter. Seine drei Geschwister verstarben innerhalb von wenigen Jahren.

Nach zwei missglückten Ehen, bei dem ihm die Frauen mit viel Geld davongelaufen waren, lernte er vor sechzehn Jahren die zehn Jahre jüngere, hübsche, dunkelhaarige B. kennen. Sie schenkte ihm eine Tochter. Das Eheglück währte nicht ewig, hat sie ihn nur wegen des Geldes geheiratet? Mit den Vorwürfen schwand das Vertrauen; er reichte die Scheidung ein.

Den Vater hatte er früh verloren, dann auch noch die drei Geschwister. Die älteste Schwester wurde vor einigen Jahren tot in der Dusche entdeckt – Herzinfarkt.

Blieb Elgar sein Hobby, er liebt schnelle Autos. Er wollte den Glanz seines Reichtums demonstrieren. In seiner Garage standen abwechselnd ein Mercedes 500, ein BMW M3, ein Porsche.

Die Nobelautos brachten ihm kein Glück. Als er im März mit einem Porsche in Hagen von einer Zechtour heimfährt, stoppt ihn die Polizei. 2,12 Promille, Führerschein mehr als ein Jahr weg.

Trotzdem holte er sich mit einer Freundin, pikanterweise dem Kindermädchen seiner Tochter, vor wenigen Tagen einen tannengrünen Mercedes Baujahr 2003, in Mainz ab. Er soll ein großes Stück über die Straße selbst gefahren sein.

„Der Wagen fährt rasant, ich hab es schon probiert", erzählte er stolz einer Nachbarin. Als diese den Kopf schüttelte und meinte, das sei eine Mordwaffe, sagte er trocken: „Du kannst so oder so sterben – wenn dann lieber in einem Mercedes."

In den grünen Flitzer ließ er sich an diesem Tag noch eine neue Musikanlage einbauen. Dann das kleine Missgeschick: Er kam damit nicht klar, weil die Gebrauchsanleitung fehlte. „Ich komm schnell vorbei und hol sie mir", rief er den Händler an, der in einem Städtchen sechs Kilometer weiter wohnte. Sein letztes Telefonat.

Er fuhr mit seiner Tochter das kurze Stück über die Kreisstraße, wieder ohne Führerschein. Wie schnell er dran war, als er eine Gefällstrecke (15 Prozent) hinab zu einem Waldstück raste, lässt sich nicht mehr feststellen. Eine scharfe Linkskurve, 40 Meter Schleuderspur, dann geriet der Wagen von der Fahrbahn ab und raste in ein entgegenkommendes Fahrzeug.

Notärzte bemühten sich um den Fahrer eine halbe Stunde lang – vergebens. Spekulationen über einen Selbstmord des unglücklichen Mannes scheiden nach Meinung der Polizei aus. „Er war sogar angeschnallt und hatte doch seine Tochter dabei, die er laut Aussage seiner Frau über alles liebte.", erklärte ein Ermittler.

Doch die Ehefrau sagte unter anderem: „Manchmal neigte er zu Kurzschlusshandlungen. Es ist viel zusammen gekommen, er wollte wegen seiner Depressionen schon einen Therapeuten aufsuchen. Vielleicht sah er keinen Ausweg mehr."

Tränen bei seiner Frau. „Die älteste Großkusine hat mich heute gefragt, ob man ihn und unsere Tochter im Krankenhaus besuchen kann. Ich weiß nicht, was ich ihr sagen soll."[51]

Elke lehnte sich zurück. Was für eine aufregende Geschichte. Jetzt wüsste sie nur zu gern, ob Bernadette dabei ihre Finger im Spiel gehabt hatte oder ob ihr das Schicksal einen Gefallen getan hatte. Bei einem nächsten Telefonat beglückwünschte sie Bernadette zu ihrem Erbe. Ja das genoss sie. „Aber denke nicht, dass ich Babette umgebracht habe. Immerhin ist, äh, war sie meine Tochter. Sie war lästig, ja, aber dennoch ..." Elke lächelte, man konnte es am Telefon hören: „Aber ohne sie erbst du mehr."

Autopsie, Obduktion oder Sektion

Alle zehn Sekunden passiert ein Unfall auf unseren Straßen, rund 2,6 Millionen Mal im Jahr. Und jedes Mal stellen sich dieselben Fragen: Wer war schuld? Wer trägt die Verantwortung? Nicht nur die Versicherungen suchen nach Aufklärung, vor allem die Angehörigen eines Unfallopfers möchten Gewissheit: Hätte der Unfall verhindert werden können? Hat ein Mensch oder die Technik versagt?

Für Professor Peter Valley aus Birmingham und sein Team von Rechtsmedizinern sind die Toten „stumme Zeugen", denen sie noch entscheidende Aussagen entlocken können. Jedoch nicht mit Messer und Skalpell, sondern mit digitalen Mitteln. Sechzig bis achtzig Prozent der forensisch relevanten Todesursachen können so bereits eindeutig geklärt werden. Die virtuelle Autopsie ist schnell und effizient. Innerhalb von Minuten sind der Zusammenstoß und die Todesursache geklärt – wichtige Beweismittel auch für die Polizei. [52]

Das Gummersbacher Kreisblatt brachte einen eigenen Bericht:

In der Nacht ist ein 62-jähriger Düsseldorfer mit seinem Mercedes von der Kreisstraße 103 Gummersbach abgekommen und frontal gegen ein entgegenkommendes Auto geprallt. Der Fahrer verstarb in seinem Wagen. Die Einsatzkräfte der Feuerwehren hatten bei ihrem Eintreffen keine Chance mehr, das Opfer aus dem Autowrack zu holen, erklärte Feuerwehr-Pressesprecherin Manuela Puta.

Ersten Erkenntnissen der Polizei zufolge hatte der Mann gegen 15.40 Uhr mit seinem Mercedes die K205, von Engelskirchen kommend in Richtung Gummersbach, befahren und war kurz vor der Einmündung Johannes-Bach-Straße (K146) auf gerader Strecke aus bislang ungeklärter Ursache nach links von der Fahrbahn abgekommen. Das Fahrzeug fuhr frontal gegen ein entgegenkommendes Fahrzeug und wurde durch den Aufprall völlig deformiert. Die zwei Insassen des Autos, in das der Mercedes raste, wurden schwer verletzt. Ein Auto, das wenig später auf die Unfallstelle zukam, alarmierte die Rettungskräfte. Wer auf dem Fahrersitz saß, konnten sie zu dem Zeitpunkt schon nicht mehr erkennen. „Die unmittelbar eingeleitete Erkundung ließ eine männliche Person auf dem Fahrersitz des Fahrzeugs erkennen. Die anwesenden Sanitäter und der Notarzt konnten nach einigen Wiederbelebungsversuchen nur den Tod der Person feststellen. Eine weitere Beteiligte wurde schwer verletzt aufgefunden und starb wenige Stunden später im Krankenhaus", schilderte Feuerwehr-Pressesprecherin Manuela Puta die Abarbeitung des Unfalls aus der Perspektive der Einsatzkräfte. Zu nennenswerten Verkehrsbehinderungen kam es nicht, weil dort zu diesem Zeitpunkt nicht viel Verkehr herrschte. Der Verkehrsunfalldienst Köln hat die Ermittlungen zur Unfallursache aufgenommen. Eine Obduktion des Unfallopfers wurde angeordnet. Das Fahrzeugwrack wurde von der Polizei nicht zwecks technischer Untersuchung sichergestellt. Der 62-Jährige und seine 15-Jahre-alte Begleiterin sind weitere Unfalltote in Gummersbach in diesem Jahr, bestätigte die Polizei.[53]

Auch drei Tage nach dem Horror-Unfall von Gummersbach ist die Frage offen, warum der Mercedes, durch den zwei Menschen starben und zwei weitere schwer verletzt wurden, in die Gegenfahrbahn geriet und gegen ein Auto prallte.

Wie die Staatsanwaltschaft sagt, habe man zwei Gutachten in Auftrag gegeben: ein verkehrstechnisches zum Unfallhergang und eines zum Auto. Zudem soll die Auswertung von DNA-Proben zeigen, wer im Mercedes an welchem Platz sass, wer das Auto lenkte und ob Alkohol oder Betäubungsmittel im Spiel waren.

Um diese Fragen zu beantworten, wurden laut Polizeisprecher Knut Stauer die Spezialisten des rechtsmedizinischen Instituts des Bezirkskrankenhauses Gummersbach zugezogen. Chefärztin und Institutsleiterin Danny Stahlweich sagt auf Anfrage: „Weil es sich um ein laufendes Verfahren handelt, kann ich zur bisherigen Untersuchung und zu allfälligen Ergebnissen keine Angaben machen." Sie bestätigte aber, dass die Leiche der Unfallopfer in ihrem Institut untersucht wurden – die Obduktion wurde gestern Abend abgeschlossen.

Aufgabe der Rechtsmedizin sei einerseits die Identifikation der Opfer, andererseits die Feststellung der Todesursache, sagte Stahlweich.

Besteht bei Unfällen der Verdacht, dass Alkohol im Spiel war, ordnet die Staatsanwaltschaft routinemäßig einen Bluttest an. Auch bei den Opfern von Gummersbach lässt sich der Blutalkoholwert noch bestimmen, wie Danny Stahlweich darlegt. „Ein solcher Nachweis ist möglich, und zwar gleich wie bei Lebenden: Entweder ist noch genügend Blut vorhanden, das analysiert werden kann, oder der Wert kann aufgrund der

Konzentration im Muskelgewebe bestimmt werden."

Dass die Spezialisten des Gummersbacher Instituts Opfer aus zerstörten Autos untersuchen müssen, kommt nicht oft vor. „Solche schweren Unfälle sind zum Glück sehr selten", sagte Stahlweich. Häufiger untersuche man Verstorbene, welche bei einem Wohnungsbrand von der Feuerwehr gefunden würden.

Inzwischen hat sich herausgestellt, dass der Besitzer des Unfallautos, ein 62-jähriger Familienvater, selber am Steuer des Mercedes saß. [54]

Wichtige Definition: Die Leute, die die Mordopfer obduzieren, sind Rechtsmediziner, keine Pathologen. Das sind zwei völlig verschiedene Berufe mit unterschiedlichen Facharztausbildungen. (In den schlecht recherchierten Krimis sind es nahezu immer Pathologen und findet die Obduktion in der Pathologie statt.) Der gravierendste Unterschied: Pathologen überprüfen Todesfälle, die infolge von Krankheiten eingetreten sind. Deshalb ist ihr Arbeitsplatz das Krankenhaus. Sie brauchen für eine Obduktion das Einverständnis der Angehörigen des Verstorbenen.

Übrigens: Obduktion, Autopsie und Sektion sind dasselbe. Obduktion ist der gebräuchlichste dieser Ausdrücke. [55]

Nach Informationen der Zeitung handelt es sich bei dem Unfallopfer um einen wohlhabenden Unternehmer und Ehemann einer bekannten Architektin aus Düsseldorf. Die Staatsanwaltschaft Gummersbach will erst heute nähere Auskünfte geben. Zur Klärung des Unfallverlaufs wurde ein Sachverständiger hinzugezogen. Die Kreisstraße war in Richtung Köln bis in den Morgen teilweise gesperrt. Die Freiwilligen Feuerwehren waren im Einsatz, um den Verkehr umzuleiten.

Im Zusammenhang mit dem Unfall sucht die Polizei Zeugen, insbesondere den Fahrer eines Pkw mit Anhänger. Dieser hatte an der Unfallstelle angehalten, die Polizei informiert, und war möglicherweise Zeuge. Hinweise an die Autobahnpolizei Gummersbach.

Bernadette König: Elgar litt an schweren Depressionen. Der Mann und die Tochter der Architektin werden heute in Hilden beerdigt.[56]

Beerdigung

Kritiker nennen die Trauermaßnahmen „übertrieben".

Mit einem riesigen Begräbnis in Hilden nimmt die Geschäftswelt Abschied von Elgar M. Die Maßnahmen zu Ehren des umstrittenen Geschäftsmannes und seiner Tochter stoßen auf massive Kritik.

„Trauer, die spaltet", titelt die Zeitung *Gummersbacher Impress* – in Nordrhein-Westfalen wird die Kritik an den außergewöhnlichen Trauermaßnahmen nach dem Tod von Elgar M. lauter. Neben dem Begräbnis für den im Alter von 62 Jahren gestorbenen Unternehmer hat die Kreisregierung für eine halbe Stunde ihre Arbeit weitgehend niedergelegt.

Dass die Kreisregierung zur halbstündigen Arbeitsniederlegung samt kostenlosen Brötchen an öffentlichen Gebäuden ausrief, ist ein Novum nach dem Tod eines Unternehmers. Üblicherweise geschieht dies nach schweren Katastrophen mit vielen Opfern.

Kritisch äußerte sich deshalb auch die langjährige Parteichefin der grauen Panther, Rosalia Buntner. In einem Fernsehinterview sagte sie: „So viel Aufwand für eine derart kapitalistische Person wie Elgar M. ohne Berücksichtigung seiner verstorbenen Tochter ist meiner Meinung nach unangemessen."

Etwa zweitausend Gäste aus Politik, Wirtschaft, Sport und Gesellschaft werden in der katholischen Kirche Hilden zum Gottesdienst für den verstorbenen Unternehmer erwartet. Darunter sind Schauspieler wie Til Schweiger.

Die Firma Haribo wird vom stellvertretenden CEO Paul Fröhlich vertreten. Der Hildener Bürgermeister Max Schmied kommt als Chef einer nicht benannten Partei, zu der auch Elgar M. gehört. Auf dem Platz vor der katholischen Kirche in Hilden werden zusätzlich mehr als dreitausend Trauergäste erwartet. Für sie wurden zwei Großbildleinwände aufgestellt.[57]

Bernadette König bat um angemessene, aber schlichte Kleidung bei der Trauerfeier für Elgar M. und Tochter Babette.

Drei Tage vorher besichtigte sie Blumen und Beileidskarten, die – trotz der Bitte, davon abzusehen –

noch immer von Menschen an ihrem Haus abgelegt werden.

Auf der von Bernadette König veröffentlichten Gästeliste sind zwei Holländer zu finden, mit denen Elgar entfernt verwandt war: Joos Mickelmies und Gerda Vlieshus.

Statt der Gäste selbst soll der Kirchenchor Hilden bei der Zeremonie singen. Außerdem wird die musikalische Untermalung durch ein kleines Hildener Orchester eine zentrale Rolle spielen.[58]

Die zahlreichen Gäste kamen am Mittag dunkel gekleidet und mit Schirmen zur Zentralkirche.

Der Schauspieler Til Schweiger, der zusammen mit seiner Ex-Frau Dana Schweiger und Tochter Lilli kam, zu Bernadette: „Es war eine sehr schöne Trauerfeier. Wir haben alle sehr viel geweint und es war trotzdem schön zu sehen, wie viele Menschen Elgar mit seiner Art verzaubert hat. Alle Reden waren toll und Wladimir[*] hat es sogar geschafft mit seinen Anekdoten den Trauernden ein Lächeln ins Gesicht zu zaubern." Der ehemalige Box-Weltmeister war persönlich bei der Trauerfeier anwesend.[59]

Die Beerdigung des Unternehmers Elgar M. und seiner minderjährigen Tochter war ein Erlebnis. Selten sah man auf einem Friedhof eine so große Versammlung der Prominenz aus der Wirtschaft und Industrie. Der verstorbene Unternehmer war weithin bekannt

---

[*] Klitschko, Anm. d. Autorin

und sehr erfolgreich gewesen. Auf über vierzig Millionen Mark schätzte man sein Vermögen. Nun häufte sich an seinem Grab eine Fülle von wunderbaren Kränzen und duftenden Blumen.

Welches Schriftwort würde der Geistliche für die Grabrede nehmen? Viele in der riesigen Trauerversammlung erwarteten wohl, er würde eine Lobrede halten. Doch da erklangen herzandringend die Worte Jesu: „Denn welchem viel gegeben ist, bei dem wird man viel suchen; und welchem viel befohlen ist, von dem wird man viel fordern" (Lk. 12,48). Und dann sprach der Knecht Gottes unerschrocken über die Haushalterschaft, in die alle, die Reichen und die Armen, durch Gottes heiligen Willen gestellt sind. Er zeigte die Verantwortung auf, zu der wir alle unausweichlich einst gefordert werden. Je größer die anvertrauten Gaben, desto umfassender die Verantwortung. Welch ein großes Ding ist's um einen treuen und klugen Haushalter! – Ob die vielen Trauergäste das ernste Mahnwort am Grabe des Millionärs Elgar M. persönlich angenommen haben?[60]

Erbschaft

Das Ehepaar König/Mareweg hatte kurz nach seiner Eheschließung ein Testament aufgesetzt. Soweit Bernadette wusste, war das immer noch gültig. Sie musste den Wisch jetzt nur in Elgars Schreibtisch finden.

Ihr eigenes Exemplar hatte sie noch gefunden. Aber Elgars? Ihre Sorge war, dass er in einem Anfall von Gutmütigkeit das ganze Zeug einem Tierheim oder sonst einer gemeinnützigen Organisation vermacht hatte. Aber auch dazu fand sie nichts. Bis Notar Fliesekamp anrief und ihr berichtete, Elgar habe vor sechs Jahren sein Testament bei ihm aufsetzen lassen und das auch beim Amtsgericht hinterlegt. Das wisse sie doch sicherlich. Nein, wusste sie nicht. Angst kroch in ihr hoch. Gut, völlig enterben konnte er sie nicht, warum sollte er auch? Aber den Großteil spenden? Oder seiner Tochter vermachen? Wobei das ja nicht so schlimm wäre, sie war Babettes einzige Verwandte. Sie lächelte dünn. Ein Kind zu verlieren ist unangenehm, aber beim Erben von Vorteil.

Sie macht einen Termin mit Fliesekamp. Sie war aufgeregt, aber ließ sich nichts anmerken.

Er legte ihr das Schreiben vor. Sie war fest entschlossen, falls es nicht zu ihren Gunsten war, dagegen anzugehen. Sie las den Haupttext:

Ich, Elgar Mareweg, geboren in Mannheim, bestimme zu unbeschränkten Erben:

Meine Tochter Babette König, geboren in Düsseldorf, wohnhaft in Goethestraße 247, 40237 Düsseldorf. Sie erhält 100 %.

Meine Ehefrau Bernadette König, geboren in München, wohnhaft in Goethestraße 247, 40237 Düssel-

dorf, enterbe ich bis auf den Pflichtteil. Auch eventu-
elle Abkömmlinge außer unserer gemeinsamen Toch-
ter sollen kein Erbe erhalten.

Sollte ein Erbe zum Zeitpunkt meines Todes bereits
verstorben sein, erkläre ich die Abkömmlinge entspre-
chend der gesetzlichen Erbfolge zu Erben.[61]

Dann folgte das üblich gesetzlich erforderliche Bla, bla, bla. Fliesekamp erläuterte Bernadette, dass sie nun aufgrund der gesetzlichen Erbfolge – eben als Mutter – nun doch Alleinerbin wäre. Pflichtgemäß tupfte sie sich mit einem Taschentuch die Augen und sagte mit fast versagender Stimme: „Ach, wenn beide noch lebten, oder wenigstens meine liebe Tochter, mein ein und alles," sie unterbrach für einen effekt-vollen Schluchzer, „da wäre mir das Geld völlig egal".

Fliesekamp schwieg. Ja, das war von einer warm-herzigen Mutter gesprochen, die an ihrem Kind hängt und alles für sie tut. Er hatte Herrn Mareweg zwar vorsichtig gefragt, warum er seine Frau enterben wolle, aber der hatte nur ausweichend geantwortet. Der Notar wartete, bis sich Bernadette etwas beruhigt hatte. Er war immer noch neugierig. „Wissen Sie, warum Ihr Mann sie enterbt hat? Das ist ja eher ungewöhnlich." Sie war schnell mit ihrer Antwort: „Wir haben darüber gesprochen, ich bin nur über-rascht, dass er es getan hat, ohne noch einmal mit mir darüber zu sprechen. Ich verdiene mit meinem Architekturbüro gut, da war es mir recht, dass unsere kleine Babette top abgesichert ist."

Marienerscheinungen

Maria war Bernadette als junges Mädchen erschienen, dessen war sie sich mittlerweile sicher. Anselm Mackowitsch, der Pfarrer vom benachbarten Ort, zeigte sich damals beeindruckt. Als Witwe mit viel Geld hatte sie nun die Muße, sich intensiver um ihre Religiosität zu kümmern. Ob sie vielleicht ein Buch über ihre Marienerscheinungen schreiben sollte? Zumindest könnte sie alle festhalten, an die sie sich noch erinnerte. Anselm Mackowitsch, der Pfarrer, mit dem sie sich damals so gut verstanden hatte, war leider mittlerweile verstorben.

So wandte sie sich an den Geistlichen, der für ihre Gemeinde zuständig war. Ob er an ihren Marienerscheinungen interessiert sei? Wenn ja, würde sie ihn gerne daran teilhaben lassen. Er seufzte und leitete das Schreiben weiter ‚nach oben'. Damit war das Problem für ihn erledigt. Bernadette erhielt eine offizielle Antwort:

Sehr geehrte Frau König,

Mal angenommen, jemand geht im Park spazieren und auf einmal erscheint die Muttergottes. Das kann passieren, vor allem junge Frauen und Mädchen haben über die Jahrhunderte hinweg immer wieder überall auf der Welt diese Erfahrung gemacht. Was tut die Kirche, wenn sie davon erfährt? Erstmal nichts. Es kann sein, dass sich in der örtlichen Pfarrei eine Verehrung entwickelt – auch dann wird jedoch kirchlicherseits niemand intervenieren.

Anders sieht es aus, wenn sich Erscheinungen wiederholen, ein Ort eine größere Zahl von Menschen anzieht, die dorthin pilgern. Wenn das Bistum davon aus den Medien erfährt, kann es sein, dass sich die Diözese mit dem Fall auseinandersetzt. Es muss schon größere Ausmaße annehmen, damit sich ein Bischof veranlasst sieht, eine Untersuchungskommission einzusetzen. Wenn Marienerscheinungen überprüft werden, geht es also in erster Linie darum, welche Substanz sie haben und ob sie dem Glauben schaden können.

Fachleute sammeln Material, das können Texte sowie Bild- und Tonaufzeichnungen sein, und beschäftigen sich mit einigen Leitfragen: Unter anderem geht es um die Personen, die eine Marienerscheinung wahrgenommen haben wollen. Mediziner und Psychiater überprüfen, ob nicht eine Krankheit oder geistige Besonderheit Ursache der Vision ist.

Ferner werden Begleiterscheinungen wie etwaige Äußerungen oder Prophezeiungen Marias untersucht: Stehen sie im Einklang mit der kirchlichen Überlieferung? Treffen Vorhersagen ein? Außerdem geht es um

Folgen der Erscheinung vor Ort, beispielsweise, ob Wunder geschehen.[62]

Wenn Sie uns entsprechende Informationen vorlegen können und bereit sind, sich gründlich überprüfen zu lassen, wenden Sie sich bitte an unseren dafür zuständigen Theologen Prof. Dr. Mark Wittelmann (Adresse siehe Signatur).

Mit freundlichen Grüßen

Nachdem Bernadette das Schreiben überflogen hatte, las sie es erneut. Ihre Hände zitterten vor Wut. „Meine Psyche untersuchen? Wer glaubt denn Ihr, dass Ihr seid?", schrie sie wütend ihrem Kleiderschrank entgegen, der vergangene Nacht noch Zeuge einer Erscheinung gewesen war.

Sie erinnerte sich genau an das erste Mal: Es war ein Sommertag im August: Sie war in den Wald gegangen, um mit Pfeil und Bogen zu spielen. Kurz darauf kam sie atemlos zurückgerannt. Sie erzählte ihrer Mutter, dass sie die Erscheinung einer Frau gesehen hätte. Sie habe sich die Haare gekämmt und Kinder zu sich gewunken.[63] Ihre Puppe hatte sogar Blut geweint! Ihre Mutter hatte ihr geglaubt, auch der Geistliche.

Mit einer ihrer Beschreibungen landete sie sogar in der örtlichen Zeitung.

Bernadette K. ist ehemalige Architektin und u. a. wegen Insolvenzbetrug vorbestraft. Vor einigen Jahren machte sie eine Pilgerreise nach Asbach im Westerwald – und, so erzählt sie es selbst, auf dem Weg dorthin soll die kleine Marienstatue, die sie bei sich trug, angefangen haben, Blut zu weinen. Nach ihrer Rückkehr habe sie dann die Eingebung bekommen, eine große Kopie der kleinen Statue auf einem Düsseldorfer Friedhof aufzustellen. Seitdem will sie am dritten Tag jedes Monats eine Botschaft von der Muttergottes erhalten haben. Die Statue soll dann Blut weinen. Bernadette berichtet von Stigmata an ihren Händen, von einer sich immer wieder erneuernden Inschrift auf ihrem Unterarm und, dass sie, wie Jesus, zwar nicht Brot und Fische, aber dafür Currywurst und Pommes vermehren könne.[64]

Den Artikel hatte sie sorgfältig in eine Plastikmappe gegeben und auf den Schreibtisch gelegt. Sie fühlte sich dem Orden der Heiligen Bernadette verschrieben und überlegte, wie sie ihm ein Denkmal setzen könnte. Von der Existenz dieses Ordens hatte ihr die Mutter Gottes aus dem Kleiderschrank berichtet. Offenbar, so Maria, war es sehr einfach, diesem Orden beizutreten: Man fühlte sich dazugehörig, und dann war man Ordensmitglied.

Bernadette erzählte Elke beim nächsten Telefonat von diesem Orden. Ob sie nicht auch beitreten wolle? Ihre Freundin winkte ab. Sie hatte in Brasilien Besseres zu tun. Unterm Strich war Bernadette froh darüber, denn Elke hatte einen kriminellen Drang und Spaß an unfassbaren, unchristlichen Dingen. Nein, das konnte sie nicht teilen. Natürlich muss man im Leben schon mal wichtige Entscheidungen treffen und die Konsequenzen ziehen, wie sie das mit ihrer Schwester Bettina gemacht hatte. Aber im Gegensatz zu Elke hatte ihr das keinen *Spaß* bereitet. Es war eine Notwendigkeit, mehr nicht.

Psychogramm

Elke war ihr manchmal unheimlich. Sie konnte förmlich in einen Blutrausch geraten. Da Bernadette nicht mehr arbeiten gehen musste, konnte sie sich mit Psychologie und Psychiatrie beschäftigen. Auch wenn die Arbeit als Architektin ihr Freude gemacht hatte, war es doch noch viel mehr Spaß, das Leben einer reichen Witwe zu führen. Maria hatte sie ebenso dazu ermuntert. Das sei das Schicksal ihr schuldig nach den vielen langweiligen Jahren mit Elgar.

Bernadette beschäftigte sich eine Weile mit Psychologie und Psychiatrie, las etliche Bücher dazu, schaute Filme und erwog sogar ein Fernstudium. Sie fertigte ein Psychogramm von Elke an, dann eines von sich selbst. Hieraus erkannte sie klar, und da stieg das Mitleid in ihr hoch, dass ihre Freundin im Gegensatz zu ihr selbst offenbar psychisch krank war.

Sie erinnerte sich, wie Elke ihr von dem Mord an Johnny erzählt hatte.

Elke weinte dabei nicht, sie zitterte nicht, ihr Blick war ruhig. Sie wirkte einfach völlig gelassen. Die Hände in den Schoß gelegt, saß sie auf einem Holzstuhl in Bernadettes Küche und berichtete, scheinbar ohne Gefühlsregung, über den Mord an ihrem Mann und dann an ihrem Liebhaber. „Ja, ich habe beide getötet", sagte sie mit leiser, aber fester Stimme. Und sie bereute diese Taten nicht.

Das schmucke Einfamilienhaus am Stadtrand; der Ehemann Manfred, der so eifrig seinem Beruf nachging; die Urlaube, im Sommer am Meer, im Winter in Skiorten – nach außen hin schien die Idylle perfekt.

Tatsächlich wusste sogar im nahen Umfeld der Familie kaum jemand von Elkes Drama. Von ihren – wie sie sagt „angeblich" – schweren psychischen Problemen; von den vielen Vorwürfen, die sie ständig ihrem Gatten und später Johnny machte, weil sie sich von ihnen nicht genügend geachtet und beachtet fühlte; von ihren Wahnvorstellungen, die immer massiver wurden. „Es gibt nichts Gutes, sondern nur Böses", sinnierte Elke mit breitem Lächeln. Und nachdem sie von dem Versicherungsbetrug ihres Mannes erfahren hatte, irgendwann an einem Nachmittag, als sie allein am Küchentisch saß und ein Glas Limonade trank, da sei ihr plötzlich klar geworden:

„Morgen muss ich es tun. Morgen muss ich Manfred beseitigen."

Kurz darauf tauchte die Frage auf: War es das Beste, ihren Liebhaber Johnny dann, als er lästig wurde, zu vergiften, ihn zu ersticken oder zu erwürgen? Nein, solche Tötungsarten hatte sie sofort ausgeschlossen, denn so hätte er vielleicht überlebt. Sich übergeben, sich gewehrt. Und er durfte doch keine Chance haben: Weil sie in sich ganz fest spürte, was das Beste für alle ist.

In der Küche fand sie ein großes Messer, das sie fast vergessen hatte, hinten in einer Schublade. Die Klinge: scharf geschliffen. Nun bestand kein Zweifel, was sie zu tun hatte.

Sie hatten noch ein letztes Mal Sex. Elke lächelte: „Mit Johnny war das unnachahmlich geil." Sie stand hinter ihm und dann stieß sie mit dem Messer zu. In seinen Hals, Kopf. Einmal, zweimal, dreimal, viermal, ein fünftes Mal. Er hat nicht geschrien, gar nichts.

Sie begann unterzutauchen, in einer Großstadt, wo sie niemand kannte und das Untertauchen problemlos ist. Sie hat sich geduscht, die Haar gewaschen und frische Kleider angezogen. Eine weiße Bluse, eine blaue Hose und beige Sneaker.

Schließlich packte Elke noch ein paar hundert Euro, ihre Scheckkarte und ihr Handy in ihre Handtasche und verließ das Haus. [65]

Auf ihrem Weg hinterließ sie immer eine blutige Spur. Sie erzählte gern davon, immerhin war Bernadette ja ihre Freundin. Je mehr sie erzählte, umso klarer wurde Bernadette, dass es sich bei diesen Taten um unbegründete Tötungen aus Mordlust handelte.

Der Mensch ist vom Mord gleichermaßen fasziniert wie angewidert, das wusste sie. Und immer wieder stellte sie sich die Frage: Wie wird ein Mensch zu einem Mörder ohne Grund? Was bringt einen Menschen zu einer solchen Grausamkeit? Gibt es von Grund auf böse Menschen?[66]

Sie las in einem ihrer Bücher eine Stelle, die ihrer Ansicht nach voll auf Elke zutraf: Bei Mordlusttätern scheint das Töten selbst etwas Befriedigendes gewesen zu sein, Grandiosität, Macht über andere exekutieren.

Grob gesagt gibt es drei Typen: Täter, die sich ihre Tat als sehr erregend vorgestellt haben, sie aber dann als katastrophal erleben. Totschläger, die sich bei der Tat einkoten, die nach der Tat erbrechen. Sie sind aber leider in der Minderheit. Dann gibt es welche, die es vergleichsweise leicht fanden und es vielleicht öfter täten, wenn das Risiko, erwischt zu werden, nicht so hoch wäre. Und es gibt welche, die finden das faszinierend. Weil sie sich stark fühlten, großartig und richtig aktiv.[67]

Ihr war klar, dass sie sich von Elke trennen musste. Sie hatte nicht ein einziges Mal mit einem vernünftigen Grund gemordet. Mordlust ist eine Sünde, davon war sie überzeugt.

Der Orden der Heiligen Bernadette

Bernadette hatte ihr Architekturbüro aufgegeben, sobald sie das Witwendasein aufgenommen hatte. Das alles hatte seinem Zweck gedient. Andererseits hatte die Arbeit sie mit Stolz erfüllt und ein wenig eitel gemacht. Würde das zu einem Orden passen?

Sie überlegte, ob sie vielleicht endgültig dem Orden als Ordensschwester beitreten sollte. Das war auch so ein verdeckter Hinweis von Maria gewesen, als sie ihr nach der Beerdigung erschienen war und sie gefragt hatte: „Was willst du jetzt mit deinem Leben tun, Bernadette?" Ein klarer Hinweis, was Maria von ihr wollte.

Wie aber diesen Orden finden? Sie war mit dem Internet vertraut, das macht der Beruf. Zu ihrem großen Erstaunen konnte sie ihn dort nicht finden. Bernadette, Orden, Ordensschwester, Heilige Bernadette – alle Begriffe kamen vor. Aber nicht als ein Suchbegriff *Orden der Heiligen Bernadette*.

Das ließ sie ein paar Tage auf sich einwirken. Konnte es sein, dass er zu einem Geheimorden geworden war, genau wie die Freimaurer? Die Erleuchtung kam ihr eine Woche später, diesmal ohne Maria: Die reguläre deutsche Freimaurerei ist in fünf Großlogen organisiert. Insgesamt existieren unter diesen fünf Großlogen etwa fünfhundert regionale Logen. Alle Logen der vereinigten Großlogen von Deutschland nehmen nur Männer auf, es bestehen aber freundschaftliche Beziehungen zur Frauen-Großloge von Deutschland[68]. Natürlich war diese Frauen-Großloge mit Sicherheit noch geheimer, als die Freimaurer es sowieso schon sind. Sie nannten sich Frauen-Großloge, aber es konnte eindeutig nur der Orden der Heiligen Bernadette sein!

Bernadette sah es als erneuten Wink des Schicksals, dass die freimaurerische Frauenloge TUSCU-LUM 1982 in Düsseldorf gegründet wurde und damit Mitbegründerin der ersten Frauengroßloge Deutschlands ('Humanitas') war – der heutigen Frauengroßloge von Deutschland.[69] Eigentlich clever, fand Bernadette, dass der Orden sich den Freimaurern angeschlossen hat. Damit konnte er als eingetragener Verein regulär im Vereinsregister geführt werden. Als Mitglied im Dachverband der Frauen-Großloge von Deutschland, der aktuell über dreißig Logen und Arbeitskreise mit mehr als sechshundert Schwestern umfasst, sind sie mit dem Verband der europäischen Frauen-Großlogen (Ländern wie Frankreich, Spanien, Portugal, Italien, Türkei, die Schweiz und Deutschland) mit mehr als 19.000 Schwestern assoziiert.[70] Bei der Lektüre über diese sogenannte Loge und deren Selbstdarstellung fiel ihr sofort auf, dass sie von 'Schwestern' sprachen.

Die Telefonnummer herauszufinden, erwies sich als unkompliziert. Als Bernadette dort anrief, begrüßte sie die Frau am Telefon auch gleich mit „Schwester". Ihr Gegenüber verstummte, was Bernadette als Aufforderung verstand, sich zu outen. Ihr floss förmlich das Herz über, eine Schwester aus dem Orden, den sie solange gesucht hatte. Aber offenbar war sie nur an einen Azubi geraten, denn nach wenigen Ausführungen kam die Stimme kalt durchs Telefon: „Wir sind kein Kaffeekränzchen, kein Debattierclub und auch keine Therapiegruppe. Wer politisch indoktrinieren oder sich religiös ereifern will, wird bei uns keine geistige Heimat finden."[71]

Bernadette sagte nichts und legte auf. Den Schock musste sie erst einmal verarbeiten. Sie hoffte, Maria würde nachts kommen und es ihr erklären. Und so war es auch, sie lag kaum eine halbe Stunde im Bett, als die Mariengestalt sie tröstete: „Das entspricht dem allgemeinen Verfall der Sitten. Alles muss modern sein, das Religiöse darf keinen Platz mehr haben, dafür gibt es die Anbetung von Gegenständen und Geld, das macht alles unwürdig." Bernadette erschrak: „Oh, ich habe doch Geld, bin ich jetzt auch unwürdig?" Maria schüttelte den Kopf mit einem leisen Lächeln. „Du bist die Hoffnung, auf die wir alle setzen. Dein Geld ist dir doch Mittel zum Zweck." Wie immer am Ende der Erscheinung löste sie sich in einen goldenen Rauch auf, der zum Fenster hinauszog.

Bernadette notierte, wie sie sich das angewöhnt hatte, Marias Worte, um am nächsten Tag darüber zu meditieren.

Am frühen Morgen schon begann sie mit ihrer Meditation. Sie zündete ein paar Kerzen an, stellte ein Marienbild daneben und versenkte sich in Licht und Bild. Auch wenn die Lösung sich bei ihr nicht eingestellt hatte, fühlte sie sich besser. Als Alba Gonzalez, ihre spanische Haushaltshilfe, eine Stunde später kam, um ihrer Arbeit nachzugehen, erzählte sie ihr von diesen Überlegungen. Spanier sind ja alle sehr katholisch, das hatte Bernadette oft genug gehört. Und Alba zeigte sich sehr beeindruckt. Sie hörte sich Bernadettes Ausführungen geduldig an. Das war ganz klar Überzeugung, erläuterte Bernadette später Elke: Der hohe Stundenlohn, den sie Alba zahle – auch über die Zeit zum Zuhören hinweg – spiele dabei keine Rolle.

Bruder Anselm

Bernadette kam von einer größeren Shoppingtour heim. Einkaufen, ohne jemandem Rechenschaft geben zu müssen, war inspirierend. Zwar hatte Elgar nie etwas gesagt, wenn sie Geld ausgab – immerhin verdiente sie ja selbst mit ihrem Büro –, aber er neigte in späteren Jahren zum Sparen. „Wenn der liebe Gott mir so viel Geld gibt, will er auch, dass ich es genieße", war ihr Lieblingsspruch. Sie sortierte die Einkäufe, die neuen Schuhe stellte sie in den Schuhschrank. Für die Hosen, die Blusen, das Sommerkleid und das Kostüm müsste sie alte Sachen weggeben, aber Alba freute sich immer, wenn sie etwas mitnehmen konnte. Dann bereitete sie sich mit ihrem teuren Kaffeeautomaten, einem Überbleibsel aus ihrem aktiven Architektenleben, einen Cappuccino zu. Sie ließ die letzten Wochen amüsiert an sich Revue passieren.

Ihr Kontakt zu Elke war deutlich ausgedünnt. Aber irgendjemandem musste sie das doch erzählen, einfach zu lustig, deshalb rief sie die Freundin wieder einmal an.

„Stell dir vor, Bruder Anselm hat mich besucht!" – „Aber das kann doch gar nicht sein, der war doch schon knapp sechzig, als du ihn damals kennengelernt hast. Der ist doch bestimmt schon tot." – „Ach, Elke", Bernadette musste ein Lachen unterdrücken, „hast du noch nie etwas von Wiedergeburt gehört?" Elke überlegte kurz, ob ihre Freundin in der Zwischenzeit völlig durchgedreht sei. Hin und wieder dieses religiöse Gefasel war schon schlimm genug. „Öhm, ich verstehe nicht?" – „Lass es dir erzählen!"

Bernadette berichtete, wie es vor ein paar Wochen bei ihr an der Tür geklingelt hatte. Normalerweise ging sie an die Gegensprechanlage, aber an diesem Tag war sie gerade mit dem Wäschekorb im Haus unterwegs und öffnete die Tür. Ihr gegenüber stand ein junger Mann, geschätzt Ende zwanzig, in einer dunkelbraunen Kutte. Sie überlegte schnell, wie viel sie ihm geben sollte, für seine Sammlung. Dreißig Euro? Der Fremde wehrte jedoch ab: „Aber Bernadette, erkennst du mich denn nicht?" Die Angesprochene runzelte die Stirn. „Nein." – „Ich bin doch Bruder Anselm! Du wirst dich doch an mich erinnern?" Bernadette zog eine Augenbraue hoch und musterte ihn von oben bis unten. „Bruder Anselm müsste jetzt so um die hundertvierzig Jahre alt sein, außerdem war er kleiner als Sie und nicht so hager." – Der vermeintliche Bruder nickte. „Ja, das ist schon richtig. Ich bin damals mit dreiundsiebzig an einem Herzinfarkt gestorben. Aber der Herr meint es gnädig mit mir, ich durfte wieder auf die Erde kommen. Unter der Bedingung, dass ich dich aufsuche und mit dir gemeinsam etwas für den Orden der Heiligen Bernadette tun kann."

Bernadette war amüsiert. Was verfolgte dieser falsche Bruder? Immerhin, etwas Abwechslung kann man immer gebrauchen. Sie bat ihn ins Wohnzimmer und bot ihm Kaffee und Plätzchen an. Sie unterhielten sich angeregt und schließlich bat ihn Bernadette, ihm doch auch mehr über den Orden zu erzählen.

Nach etwa einer halben Stunde verabschiedete sich der Bruder. Ob er am nächsten Tag wiederkommen dürfe? „Selbstverständlich", antwortete Bernadette und drückte ihm die Hand. „Es ist so schön, dass wir wieder in Kontakt sind."

In den nächsten Wochen telefonierten sie eifrig. In den Telefongesprächen wurden normale Themen angesprochen, wie Beruf, Verlust der Familie oder Planung der Zukunft. Dann kündigte Anselm nach einiger Zeit an, aus Missionsgründen nach Westafrika zu müssen. Bei seinem Aufenthalt dort traten dann Probleme wie gestohlene Reisepässe, Probleme mit Kreditkarten oder ein Krankenhausaufenthalt nach einem Unfall auf. Er bat Bernadette, Geld zu senden. Dann wurde sie sogar noch von einem angeblichen Arzt und zwei Polizisten kontaktiert, sodass die Sache noch ernster wirkte. Bernadette war voller Mitgefühl. „Wissen Sie was, lieber Bruder, ich habe ja nichts zu tun, ich fliege zu Ihnen und wir regeln alles vor Ort." Die Leitung knackte, und weg war das Gespräch.

Zwei Tage später meldete er sich. Er müsse dringend in Kanada zum Aufbau eines Waisenhauses reisen und sei vor wenigen Stunden komplett bestohlen worden. Er bat um Unterstützung bei der Zahlung von Flugtickets nach Kanada oder fällige Kosten für ein Visum.[72]

Bernadette bot erneut an, zu ihm zu kommen, sie könnten dann zusammen nach Kanada fliegen. Zufällig brach auch hier wieder die Leitung zusammen.

Dann meldete sich Anselm aus Deutschland zurück. Er müsse sie unbedingt treffen, er habe Fotos von dem Waisenhaus dabei, dessen Bau aber leider unterbrochen werden musste, weil das Geld ausgegangen war. Ob sie ihm nicht vielleicht eine kleinere Summe, nur zwanzig- oder dreißigtausend Euro, geben könne? Gegen Quittung natürlich.

„Selbstverständlich", hatte sie ihm entgegnet. Sie hatten sich auf einen Termin am kommenden Mittwoch geeinigt. „Wunderbar", hatte Bernadette ihm gesagt, „bis dahin habe ich das Geld zusammen".

An jenem Mittwoch trat Anselm wie gewohnt in das ihm wohlbekannte Wohnzimmer. Bernadette stellte ihm zwei Männern vor und sagte: „Ich habe noch zwei Herren aus meinem Bekanntenkreis eingeladen, die auch gern für eine gute Sache spenden. Lieber Bruder, erzähl uns doch noch einmal, was ihr plant."

Anselm setzte sich hin, ließ sich gern eine Tasse Kaffee bringen und legte Fotos auf den Tisch. „So weit ist das Gebäude schon." Sie staunten über die Bauruine. Er erzählte, wie viel Geld zum Abschluss der Arbeiten an dem Heim noch nötig sei. Immerhin mehrere Hunderttausend. Nach einer halben Stunde erhob sich einer von Bernadettes Bekannten. „Vielen Dank, wir haben genug gehört." Er zog einen Ausweis aus der Tasche: „Darf ich mich vorstellen? Ich bin Frank Lamprecht von der Polizei Düsseldorf und das ist mein Kollege Marian Walsenrath". Anselm verlor die Farbe, er versuchte, wegzulaufen, aber er war nicht schnell genug.

Elke staunte: „Du hast die Polizei gerufen?" – „Ja, habe ich. Für wie blöde hältst du mich? Wiedergeburt, da wusste ich doch schon, dass da war nicht stimmt." – „Aber warum hast du denn die Polizei gerufen? Hättest du mir Bescheid gesagt, wäre ich persönlich gekommen und hätte für die Bestrafung des dreisten Betrügers gesorgt. Ich kann dir ein paar Details ausführen." – „Danke, nein." Bernadette bereute den Anruf schon. Immer dasselbe mit Elke. Mordlust.

Der falsche Anselm, so stellte sich später heraus, war der Freund von Albas Tochter. Ein windiger Typ, auf den immer wieder junge Frauen hereinfallen, statt auf was Solides, so Albas Schlussfolgerung. Der falsche Bruder hatte häufig mit angehört, wie seine Fast-Schwiegermutter von ihrer Arbeit und Bernadettes religiösen Anwandlungen erzählt hatte.

Forensische Psychiatrie

Bernadette begann sich zu langweilen. Das Architekturbüro wieder aufleben zu lassen, war ihr zu anstrengend. Sich eine neue Familie zuzulegen, war ja noch viel mühsamer. Sie lebte in den Tag hinein, ihre Strukturen verloren sich mehr und mehr. Eines Abends schaute sie in den Spiegel und musterte sich kritisch. Die Haare hingen strähnig herab, die Kleidung war ungebügelt, auf dem Revers der Bluse hatten sich ein paar Erdbeerjoghurttröpfchen verteilt.

Seitdem sie Alba hatte kündigen müssen (so eine Schwatztante!), wollte sie sich allein um den Haushalt kümmern. Das war auch nicht so recht gelungen. Sie starrte in den Spiegel. „Ich brauche wieder eine Struktur im Tag!" Da sah sie einen Schatten neben dem Spiegel. Sie schaute genauer hin: Ja, genau, die Gottesmutter, ihre Freundin!

Maria warf ihr einen mitleidigen Blick zu. „Du musst etwas für dich tun!" – „Ja, ich weiß, aber mir fehlt die Kraft! Mir würde es helfen, wenn mir jemand sagt, was ich tun soll. Würdest du das nicht übernehmen wollen?" – Maria schüttelte den Kopf, dabei wippten ihre blonden Locken. „Nein, dafür habe ich keine Zeit, meine Liebe. Erinnere dich an eine Phase deines Lebens, wo es dir besonders gut ging, wo du Struktur hattest – und dann gleite wieder in diese Phase." Der Schatten löste sich auf.

Bernadette tat wie geheißen. Sie versank auf ihrem Sofa und starrte stundenlang zum Fenster hinaus. Sie forschte in ihrer Vergangenheit. Ja, stimmt, da war eine Zeit. Sie kicherte. Eigenartig, aber die Monate im Gefängnis kam ihrem Ideal schon recht nahe. Leider ist so ein Gefängnisaufenthalt begrenzt. Und man hat förmlich die Pflicht auszubrechen. Dann erinnerte sie sich an Elkes Erzählungen aus der geschlossenen Psychiatrie. Was für wunderbare Freundschaften sie da hatte schließen können. Da gab es keine formlosen Tage, aber auch keinen Arbeitszwang. Man war ja krank! Nein, nein, sie war jetzt in dem Alter, sich zur Ruhe zu setzen. Vielleicht könnte sie sich einweisen lassen? In den folgenden Tagen las sie sich in das Thema forensische Psychiatrie ein.

Es brauchte Sachverständigengutachten zur Einschätzung der Schuldfähigkeit zur Tatzeit und eine Prognose über die Gefährlichkeit der Patienten. Psychiatrische Gutachter haben eine diagnostische und prognostische Aufgabe und sie arbeiten angeleitet durch das Gericht. Wie lange ein psychisch erkrankter Straftäter im Maßregelvollzug bleiben muss, hängt dabei u. a. von der Diagnose, der Behandelbarkeit der Patienten und der Risikoabschätzung ab.[73]

Forensische Psychiatrie gefiel ihr aber noch besser. Das Wort ‚Maßregelvollzug' klingt zu sehr nach Entlassung. Und die sollte es nur geben, wenn *sie* es darauf anlegte. Wobei sie natürlich immer darauf beharren würde, dass sie geistig völlig gesund sei. Ein weiterer Tipp von Elke.

Die Alltage in der forensischen Psychiatrie sind stark strukturiert. Für jede Woche erhält man eine Art „Stundenplan". Darauf steht eine Mischung aus Arbeit und Therapie. Auf dem Gelände des entsprechenden Krankenhauses gibt es in der Regel zum Beispiel eine Gärtnerei, eine Werkstatt und einen Gutshof. Man kann dann einer Arbeit zugeteilt werden. Dann gibt es noch Gruppengespräche. „Die Psychologengespräche sind für mich fast das wichtigste", las sie von einem Insassen. Sie lachte, ja, das würde kurzweilig.

Einzelzimmer gibt es wegen des Andrangs inzwischen nur noch selten. Nur noch für extrem aggressive Patienten. Aber das ließe sich einrichten, lächelte sie still.

Forensische Kliniken verbreiten Ruhe, schon durch ihre Lage. Etwa fünf Meter ragt der Zaun in die Höhe. Stacheldraht ist daran befestigt, Lautsprecher und Kameras.

Im Unterschied zum Gefängnis gibt es in der Forensik die Möglichkeit, dass die Krankheit therapiert wird. Gleichzeitig ist jedoch kein Datum fixiert, wann der Patient wieder auf freien Fuß kommt. Entlassen wird er erst, sobald er vollständig therapiert ist.

Der Aufenthalt bietet ein gesichertes Umfeld. Zum Beispiel muss man nach jedem Essen sein Besteck wieder abgeben. Das werde in einer Liste vermerkt. Ein Handy darf man später besitzen, allerdings nur außerhalb der Psychiatrie nutzen.

Was Bernadette besonders freute: Pro Tag kostet die Unterbringung eines Patienten in der forensischen Psychiatrie etwa 250 Euro. Das ist etwas mehr als doppelt so viel wie in einer JVA.[74] „Wunderbar", dachte sie, „endlich zahlt der Staat mal wieder für mich statt umgekehrt."

Die meisten Straftäter im Maßregelvollzug wurden wegen schizophrener Psychosen eingeliefert, hinzu kommen Patienten mit Persönlichkeitsstörungen, gestörtem Sexualverhalten oder organisch bedingten psychischen Störungen.

Persönlichkeitsstörungen schloss Bernadette genau wie organisch bedingte psychische Störungen aus. Und gestörtes Sexualverhalten? Nein, da hatte sie auch nur normale Ansprüche. Also blieb die schizophrene Psychose.[75]

Da hieß es, sich gut zu informieren. Günstig war für die Entwicklung der Krankheit, dass weder die Ursache noch der Mechanismus der Schizophrenie bekannt ist. Es würde ihr ein Leichtes sein, psychotische Symptome zu demonstrieren wie Wahnvorstellungen und Halluzinationen. Sie dachte da sofort an ihre Marienerscheinungen. Sie waren eindeutig Realität, aber das wussten die Therapeuten und Gutachter nicht! Sie könnte die Geschehnisse ja noch ein bisschen mit Bruder Anselm ausschmücken.

Desorganisiertes Denken und Sprechen kann man vortäuschen genau wie bizarres und unangemessenes Verhalten. Darauf freute sie sich schon. War sie doch in der Grundschule wegen ihres famosen Schauspieltalents bereits aufgefallen.

Dass sich ihre Symptome verschlimmert hatten, ließ sich anhand der belastenden Ereignisse in ihrem Leben wie beispielsweise dem Verlust der Arbeit (sie musste ja niemandem auf die Nase binden, dass sie die Tätigkeit von sich aus beendet hatte) oder die

Beendigung einer romantischen Beziehung belegen. Ja, der falsche Bruder Anselm musste dafür herhalten. Oder der Tod von Elgar. Oder beides?

Es war nicht erforderlich, dass sie die Hauptgruppen sämtlicher Symptome zeigte.

Als Positivsymptom gedachte sie ihre Religiosität darzustellen. Sie würde behaupten, ihre Haushälterin Alba habe sie verfolgt und ausspioniert.

Die Mutter Gottes, bei ihr musste sie sich entschuldigen. Denn ihre Erscheinungen gedachte sie als Halluzinationen auszugeben. Es stimmte ja, sie hörte sie öfter, als dass sie Maria sah. Und solche naiven Therapeuten würden sich das sofort notieren. Sie schmunzelte bei der Vorstellung, wie ein eifriger Therapeut Notizen machte, während sie von Maria berichtete.

Die Negativsymptome, ach ja. Da musste sie nur bereits vorhandene Charakteristika ein wenig verstärken. Keine Gefühle zeigen, wenn über Elgar oder Babette gesprochen wird. Nicht lachen und nicht weinen. Ebenso war sie Fremden gegenüber lieber zugeknöpft. Außer über den Orden sprach sie sowieso nicht mehr gern. Also würde sie in Zukunft Fragen nur noch sehr knapp, mit einem oder zwei Wörtern, beantworten.

Die Zeichen der Desorganisation bewertete sie als falsches Symptom. Es war doch völlig normal, dass man häufig von einem Thema zu anderen wechselt. Viele Menschen, Elke ausgenommen, behaupteten, sie würde gelegentlich völlig zusammenhanglos und unverständlich sprechen. Daher strich sie diesen Sachverhalt aus der Liste.

Der Punkt kognitive Defizite störte sie. War sie doch immer stolz auf ihre geistigen Fähigkeiten gewesen. Die gedachte sie keineswegs zu verbergen. Einzig bei der Erinnerung, ja, gut, daran konnte sie drehen.[76] Jetzt hieß es nur noch, eine Tat zu planen, die einen gestörten Eindruck hinterließe. Vielleicht, so sinnierte sie, ließe sich hier das Sinnvolle mit dem Nützlichen verbinden.

Ein Zeichen für die Ewigkeit

Nach Rücksprache mit Maria entschloss sich Bernadette, ein Zeichen für die Ewigkeit zu setzen. Als Erstes ließ sie eine Gedenktafel zu Ehren der Gründerin des Ordens der Heiligen Bernadette schaffen. Es war ein Relief, die Gründerin Bernadette war abgebildet, aber ein Name war nicht angegeben. Sie gab dem *Ökumenischen Kirchenblättchen* ein Interview und berichtete über die Historie des Ordens, der trotz Verfolgung und Hetzkampagnen, besonders während der NS-Zeit 1825 aus einer Pfarrei heraus einen eigenen Schwesternorden gründete, der bis ins hier und heute überstand.[77]

Bernadette ließ sich von Maria mehr und mehr überzeugen, dass es wichtig sei – und zwar nicht nur für ihre Zukunft, sondern für die Zukunft des Ordens – ein wirklich überstrahlendes Ereignis zu schaffen.

In allen Kulturen werden Verstorbene der Erde oder dem Feuer übergeben. Grundlage für diese rituellen Bestattungen sind oft religiöse oder spirituelle Vorgaben[78], las sie mehrfach.

Bernadette fühlte sich endlich wieder wohl, nachdem sie einen Plan hatte. Um ihrem Leben wieder Struktur zu geben, würde sie etwas tun, was keiner von ihr erwartete. Vor allem, nachdem Maria ihr versichert hatte, dass sie zusätzlich im Auftrag der Anhänger ihres Ordens handelte.

Bernadette bereitete sich gründlich vor. Ihr Beruf hatte ihre technischen Fähigkeiten nur zum Teil gefördert. Aber es war kein Problem, sich eine Anleitung für die Herstellung einer Autobombe zu besorgen. An ein Küchenmesser zu gelangen, war lächerlich einfach. Wofür hatte sie die top eingerichtete Küche? Die Zahl der Opfer legte sie auf die heilige Zahl Elf fest. Nach dem Zufallsprinzip hatte sie sich als Ort der Veranstaltung Darmstadt ausgeguckt. Die Kirchen, die ihren Orden und ihre Marienerscheinungen nie gewürdigt hatten, müssten bestraft werden. Das hatten ihr alle Ordensmitglieder in einer großen Versammlung übertragen. War das ein rührender Moment, als die Oberin, die merkwürdigerweise entfernt Ähnlichkeit mit Alba hatte, ihr die Hände auf die Schulter legte, ihr Kraft und Ausdauer wünschte und ihr die einstimmige Unterstützung aller Anwesenden zusprach. „Amen", sagte die Oberin, und die treuen Anhänger, die mit in der Gruft standen, wiederholten es: „Amen". Man konnte eine Gänsehaut bekommen, so ergreifend war das.

Einige Auserwählte, die Oberin und sie selbst legten fest, was zu tun war. Die Autobombe sollte eine vierköpfige Familie dem Himmel näher bringen. Bernadette beneidete die Opfer fast. Für den Glauben zu sterben! Aber ihre eigene Zeit war noch nicht gekommen.

Die Kirchen, so wie sie heute argumentierten, waren Ketzer in Sachen Heilige Bernadette. Deshalb, so Maria, sei es wichtig, ihre Anhängerzahl zu reduzieren. Dafür eigneten sich kirchliche Lesekreise in herausragender Weise.

Bernadette erkundigte sich. Fündig wurde sie im evangelischen Gemeindeamt von Darmstadt, in dem einmal in der Woche ein kirchlicher Lesekreis statt.

Die Ausführung lief am Ende nicht ganz so, wie sie geplant hatte. Im Auto saß noch eine Großmutter auf der Rückbank, ein Freund der Tochter stand daneben. So musste sie den Plan ändern und zum Erreichen der Elf im Lesekreis fünf Menschen ‚weihen'. Messer haben etwas Rituales. Aber auch das klappte nicht völlig nach Plan. Nachdem sie vier ältere Damen erstochen hatte, wurde sie vom beherzten Pfarrer überwältigt. Nun ja, Maria würde ihr die Zahl zehn statt elf hoffentlich verzeihen.

Nachwort

Was ist eine Collage?

Eine Collage (von frz.: coller – kleben) ist zum einen die Technik der Bildenden Kunst, bei der auf einen Untergrund verschiedene Materialien (zum Beispiel Papier, Stoff, Fotos) geklebt werden, zum anderen bezeichnet man damit auch das auf diese Weise entstandene Kunstwerk, wobei eine Collage ... auch als Musikcollage oder literarische Collage existiert.

Das Hauptanliegen bei der Collage ist seit jeher die Nähe des Kunstwerks zur wirklichen Welt. Durch die Kombination alltäglicher Materialien und Impressionen wie Texten oder Fotos wollen Collagekünstler ihren Werken eine bestimmte Realität geben oder – wie es Rauschenberg ausdrückte: „Ich bin der Meinung, daß ein Bild wirklicher ist, wenn es aus Teilen der wirklichen Welt gemacht ist."[*]

Was ist *meine* Textcollage? Verschiedene Texte sind das Material, meine Worte sind der Klebstoff und am Schluss entsteht daraus ein Textbild.

Was sind literarische Collagen?

Collagenromane sind Bücher mit Bildern, die aus anderen Veröffentlichungen ausgewählt und nach einem Thema oder einer Erzählung zusammengestellt wurden.[**]

Da das vorliegende Buch ein künstlerisches Werk ist, der Begriff Textcollage nicht zu existieren scheint, wohl aber die literarische Collage, wäre es gerechtfertigt, Zitate nicht zu verlinken.

Für die Annahme eines Kunstwerks ist es nicht ausreichend, dass der Verfasser eines Berichts über sein berufliches

---

[*] https://freie-kunst-akademie-augsburg.de/lexikon/collage
[**] https://wiki.edu.vn/wiki15/2020/11/19/collage-wikipedia/

Wirken eigene einleitende Betrachtungen und Tagebucheinträge mit Artikeln aus Zeitungen, Urkunden und Lichtbildern
kombiniert. Allein der Umstand, dass eine solche Kombination auch als künstlerische Technik, namentlich als literarische Collage oder Montage, in Betracht kommt, reicht nicht
zur Annahme eines Kunstwerks im Sinne von Art. 5 Abs. 3
Satz 1 GG ... aus. Erforderlich ist vielmehr, dass das Werk
auch die der Kunst eigenen materiellen Strukturmerkmale
aufweist, also insbesondere Ergebnis freier schöpferischer
Gestaltung ist.[*]

Sei die Textcollage eine neue Kunstform! Dennoch
habe ich die Quellen in den Endnoten notiert.

Eine andere wichtige Frage ist, ob es denn sinnvoll
sein kann, Textcollagen über die Augen einzunehmen?
Da Collagen in unserem Gehirn für fast alle Gewebestrukturen eine maßgebliche Funktion einnehmen,
kann es insbesondere Stressgeplagten, Veganern und
Athleten helfen, kognitiven Problemen oder übermäßigem Gelenkverschleiß mit einer saftigen Textcollage entgegenzuwirken.[79]

Als Tagesdosis für Leser werden mindestens zwei,
maximal zwanzig Textcollagen empfohlen. Ab dem
25. Lebensjahr nimmt die natürliche Textcollagenproduktion ab und es ist ratsam, mit dem Verfassen
von Collagen zu beginnen. Selbst wenn man über 65
Jahre ist und mit der Autorenschaft beginnt, wird sich
dies immer noch sehr positiv auswirken.[80]

---

[*] https://www.ipwiki.de/urheberrecht:zitate_in_einem_
     selbstaendigen_sprachwerk

Endnoten

1 https://www.heiligenlexikon.de/BiographienB/Bernadette_Soubirous_Marie_Bernard.htm

2 https://www.filmstarts.de/kritiken/235784.html

3 https://www.rtl.de/cms/geschwistermord-von-detmold-sie-toetete-ihren-bruder-trotzdem-kann-ihre-mutter-ihr-vergeben-4500771.html

4 https://www.bo.de/lokales/ortenau/sie-verbringt-einen-tag-im-frauengefaengnis

5 https://www.haftsache.de/angebote/briefblock-mappen/400/briefblockmappe-rot-lehrstueck?c=76

6 https://www.mj.niedersachsen.de/startseite/aktuelles/presseinformationen/aus-alt-mach-neu-justizministerin-stellt-neue-produktlinie-der-jva-fuer-frauen-vor-136625.html

7 https://www.faz.net/aktuell/gesellschaft/kriminalitaet/15-haeftlinge-bei-gefaengnisaufstand-in-ecuador-getoetet-18361226.html

8 https://www.rbb-online.de/berlin-schicksalsjahre/themen/1976/terroristinnen-brechen-aus.html

9 https://www.welt.de/vermischtes/weltgeschehen/article110302803/Kann-Jonnys-Peiniger-fuer-immer-untertauchen.html

10 https://www.wut-coaches.de/kind

11 https://www.t-online.de/region/koeln/id_100115222/prozess-in-koeln-frau-soll-ex-mann-mehrfach-vergewaltigt-haben.html

12 https://www.tagesspiegel.de/gesellschaft/panorama/staatsanwaltschaft-erklart-angeklagten-fur-unzurechnungsfahig-6402472.html

13 https://www.augsburger-allgemeine.de/panorama/Breivik-Prozess-Breivik-Aeusserungen-tauchen-im-Internet-auf-id21207171.html

14 https://www.faz.net/aktuell/karriere-hochschule/campus/studieren-im-gefaengnis-13493623.html

15 https://www.karrieresprung.de/jobprofil/architekt/

16 https://www.karrieresprung.de/jobprofil/architekt/

17 https://www.google.com/url?sa=t&rct=j&q=&esrc=s&source=web&cd=&ved=2ahUKEwj63J7t2L3_AhXP_7sIHVf_CGMQFnoECAgQAQ&url=https%3A%2F%2Fofucaro.msirestaurant.cz%2F&usg=AOvVaw3GeCB6YDCdEO0w5lHnZ0zQ

[18] https://www.computerbild.de/artikel/specials-partnersuche-spe-zialsingleboersen-partnerboerse-fuer-millionae-re-10845481.html

[19] https://millionär-daten.de/millionaer-sucht-frau-3/

[20] https://community.parship.de/forum/thema/das-erste-date-welche-positiven-erlebnisse-hattet-ihr.10169/

[21] https://www.wunderweib.de/will-er-mich-heiraten-20-anzei-chen-dafuer-dass-er-bald-einen-antrag-macht-5259.html

[22] https://www.rund-ums-baby.de/partnerschaft/Heiratsantrag-bin-irgendwie-total-enttaeuscht_207643.htm

[23] https://www.hochzeitsportal24.de/blog/kosten-hochzeit/

[24] https://www.hochzeitsportal24.de/blog/kosten-hochzeit/

[25] https://www.holidaycheck.de/hrd/achalm-hotel-katastrophale-hochzeit-auf-der-achalm/0c5f390f-dd5d-3498-bbba-4b683a750d6b

[26] https://www.derwesten.de/panorama/vermischtes/hochzeit-trauung-zeremonie-florida-braut-zusammenbruch-standesamt-weingut-id234011595.html

[27] https://www.honeymooner.eu/flitterwochen-bedeutung/

[28] https://www.blick.ch/schweiz/freiburg/us-juwelierin-macht-schweizer-gluecklich-verlorener-ehering-taucht-als-piraten-schatz-wieder-auf-id18013632.html

[29] https://www.big-direkt.de/de/gesund-leben/schwangerschaft-geburt/deshalb-ist-der-dezember-der-beste-monat-um-schwan-ger-zu-werden

[30] https://ovularing.com/schwanger-werden/10-tipps-schneller-schwanger-werden/

[31] https://www.profemina.org/de-de/schwangerschaft/verlauf-einer-schwangerschaft

[32] https://www.bmel.de/DE/themen/ernaehrung/gesunde-ernaeh-rung/schwangerschaft-und-baby/stillen.html

[33] https://www.agentur4family.de/vollzeit-kinderbetreuung-haus-halt.html

[34] https://www.nanny4yourkid.com/index.php?/archives/187-Ih-re-erste-Nanny.html

[35] https://betriebseinrichtung.net/das-architekturbuero-effizient-einrichten-bueroausstattung-fuer-architekten/

[36] https://www.fabrikon.com/arbeiten/erfolgsgeschichten/vikto-rias-erfolgsgeschichte/

37 https://www.schwaebische.de/sonderthemen/ehingen/eine-erfolgsgeschichte-ideen-ohne-ende-17196

38 https://www.baunetz.de/meldungen/Meldungen-BDA_Hamburg_Architektur_Preis_2022_vergeben_8095229.html

39 https://www.badap.de/

40 https://www.badap.de/badap-2022/die-nominierten/young-talent-award/

41 https://www.badap.de/badap-2022/die-nominierten/young-talent-award/oekumenischer-pavillon/

42 https://dam-online.de/veranstaltung/dam-preis-2022-preistraeger/

43 https://www.nordbayern.de/panorama/laut-studie-in-diesem-alter-ist-der-seitensprung-am-wahrscheinlichsten-1.13288958

44 https://koeln.efl-beratung.de/beratungsstellen/koeln/

45 https://beziehung.gofeminin.de/forum/ich-bin-fremdgegangen-und-dreh-mich-im-kreis-fd695307

46 https://www.gutefrage.net/frage/ich-bin-fremdgegangen-mein-schlechtes-gewissen-macht-mich-gerade-kaputt

47 https://www.erzbistum-muenchen.de/erwachsene/urlaubsflirt-ende-der-beziehung-oder-chance-fuer-neuanfang?gclid=CjwKCAjwyqWkBhBMEiwAp2yUFqGkhpOoexBzXkL5Tz
WjSsUeYjzLObH_pp0JtXoQ3mB0OnAzXopGxhoCIac-QAvD_BwE

48 https://www.scheidung.org/scheidung-verweigern/

49 https://www.advocado.de/ratgeber/familienrecht/scheidung/der-zugewinnausgleich-familienrecht.html

50 https://www.weekend.at/bundesland/steiermark/autounfall-weiz-28-jaehriger-vater-stirbt-neben-tochter

51 https://m.buergerblick.de/-a-1273.html

52 https://www.zdf.de/wissen/leschs-kosmos/neue-technikebn-zur-unfallaufklaerung-100.html

53 https://www.extra-verlag.de/wedemark/c-lokales/wedemaerker-verbrennt-in-seinem-auto_a55882

54 https://www.watson.ch/schweiz/aargau/994397905-horror-unfall-in-rheinfelden-autopsie-der-opfer-abgeschlossen

55 https://www.zauberspiegel-online.de/index.php/mythen-aamp-wirklichkeiten-mainmenu-288/verbrechen-mainme-nu-292/7666-mordermittlung-fiktion-und-realitt-teil-2-tatort-arbeit-und-obduktion

56 https://www.feuerwehr-guenzburg.de/2008/09/17/dana-kern/

[57] https://www.zdf.de/nachrichten/politik/staatsbegraebnis-trauer-akt-berlusconi-100.html

[58] https://www.spiegel.de/panorama/leute/trauerfeier-fuer-prinz-philip-queen-ordnet-angeblich-zivilkleidung-an-a-950e2f1e-9f4b-4b24-825f-01ab7f83a81b

[59] https://www.bz-berlin.de/berlin/pankow/prominente-gaeste-bei-trauerfeier-fuer-mcfit-millionaer-schaller

[60] https://www.evangeliums.net/gleichnisse/gleichnis_beerdi-gung_eines_millionaers.html

[61] https://rechtsberater.de/familienrecht-ratgeber/erbrecht/testa-ment-vorlage/#vorlage-eigenhaendiges-testament

[62] https://www.katholisch.de/artikel/22080-was-passiert-wenn-die-heilige-maria-erscheint

[63] https://www.deutschlandfunkkultur.de/ein-kroatisches-dorf-in-aufruhr-die-muttergottes-ist-doch-keine-postbotin-100.html

[64] https://www.br.de/nachrichten/kultur/marienerscheinungen-echtes-wunder-oder-teuflischer-betrug,TdfKBaV

[65] https://www.news.at/a/stiller-wahn-das-psychogramm-kinder-moerderin-118391

[66] https://detektor.fm/kultur/gesund-leben-was-menschen-zu-moerdern-macht

[67] https://www.tagesspiegel.de/berlin/es-gibt-manner-die-toten-just-for-fun-5316139.html

[68] https://de.wikipedia.org/wiki/Vereinigte_Gro%C3%9Flo-gen_von_Deutschland

[69] https://www.frauenloge-tusculum.de/tusculum/

[70] https://www.frauenloge-tusculum.de/tusculum/

[71] https://www.frauenloge-tusculum.de/tusculum/

[72] https://www.infranken.de/ratgeber/familie/beziehung/love-scamming-betrug-mit-vorgetaeuschter-liebe-5-tipps-wie-du-dich-schuetzen-kannst-art-4829437

[73] https://www.dgppn.de/schwerpunkte/forensische-psychia-trie.html

[74] https://www.br.de/nachrichten/bayern/klinik-hinter-gittern-zu-besuch-in-der-forensischen-psychiatrie,TC8BdVT

[75] https://www.deutschlandfunk.de/forensische-psychiatrie-weg-sperren-fuer-immer-100.html

[76] https://www.msdmanuals.com/de-de/heim/psychische-gesund-heitsst%C3%B6rungen/schizophrenie-und-%C3%A4hnliche-st%C3%B6rungen/schizophrenie

[77] https://www.schwaebische.de/regional/bodensee/kressbronn/die-josefbruderschaft-tunau-haelt-seit-300-jahren-zusammen-601596

[78] https://www.paradisi.de/kultur/bauwerke/alte-bauwerke/

[79] https://www.brain-effect.com/magazin/kollagen-wirkung-das-solltest-du-wissen

[80] https://skindistinct.com/de-de/pages/faq

Meine Bücher bisher

Belletristik

- Die Iden des Jumi: Ein archäologischer Bestseller (BoD) 2023.
- Gedanken zum Gedenken: Gedenk-, Aktions- und Feiertage (BoD) 2023.
- Wer steckt hinter Spam? Ein Roman. Norderstedt (BoD) 2023.
- Chimären: Was Menschen bisher nicht wussten. Norderstedt (BoD) 2023.
- Seite 22, Zeile 22 (mit Janina Schmiedel) (BoD) 2022.
- Märchen von heute: 61 wundersame Geschichten (BoD) 2022.
- Präpositionen (BoD) 2022.
- Eine Hand greift die andere. Norderstedt (BoD) 2022.
- Iphorismische Short Stories. Norderstedt (BoD) 2022.
- Iphorismen. Norderstedt (BoD) 2021.
- OneBBO's Castle lädt ein. Schau uns über die Schulter. Norderstedt (BoD) 2007.

Ernährung

- Am besten vegetarisch mit der Thermo-Küchenmaschine. Potsdam (Dort-Hagenhausen) 2016.
- Hartz IV in aller Munde. Norderstedt (BoD) 2013.
- Indisch inspiriert. München (Dort-Hagenhausen) 2013.
- Jetzt wird gesnackt! Norderstedt (BoD) 2013.
- Immer öfter vegetarisch. München (Dort-Hagenhausen) 2012.
- Rohkost statt Fasten Teil 2: Rezepte für ein Rohkostjahr. Norderstedt (BoD) 2011.
- Mein Kollege kocht Vollwert. Norderstedt (BoD) 2010.
- Schokolade. Norderstedt (BoD) 2010.
- Gemüse in aller Munde. Norderstedt (BoD) 2009.
- Hartz IV in aller Munde. Norderstedt (BoD) 2009.
- Schrot statt Schrott. Norderstedt (BoD) 2008.
- Vollwert? Gold wert! Norderstedt (BoD) 2008.
- Brötchen statt Brot. Norderstedt (BoD) 2007.
- Konfekt statt Sünde. Norderstedt (BoD) 2007.
- Rohkost statt Fasten. Norderstedt (BoD) 2007.